PRIX : 60 centimes.

PAUL LHEUREUX

LE MARI
DE Mˡˡᵉ GENDRIN

PARIS

ERNEST FLAMMARION, ÉDITEUR

26, rue Racine, 26.

LE MARI

DE

MADEMOISELLE GENDRIN

A LA MÊME LIBRAIRIE

DU MÊME AUTEUR

UNE LANGUE

Un volume in-18 . . . . 3 fr. 50

(Collection des Auteurs célèbres)

P'TIT CHÉRI

Un volume in-16, 60 centimes.

Emile Colin — Imprimerie de Lagny

PAUL LHEUREUX

LE MARI

DE

MADEMOISELLE GENDRIN

PARIS

ERNEST FLAMMARION, ÉDITEUR

26, RUE RACINE, PRÈS L'ODÉON

LE MARI

DE

MADEMOISELLE GENDRIN

I

— Ainsi, tu en es là? Avec cinquante mille têtes...

— Cinquante mille ! je ne répondrais pas de sauver le pays à ce prix.

— Bigre! comme tu y vas.

— Je le sais bien, vous trouvez vous autres que cela est trop ; moi je pense que ce n'est pas assez : nous sommes loin de compte. Ah çà, mais d'où sors-tu donc, toi, Marcel Férand, fils de François Férand, mort à la peine? Ne fais-tu plus partie du camp des affamés et veux-tu donc entrer dans celui des repus ? Ton ventre est encore vide, compagnon.

— Vide, tu as raison ; vide comme ta tête est creuse, Alcide Maron.

Celui à qui s'adressaient ces paroles se redressa et

l'éclair parut dans son regard de chat sauvage. Ce fut un éclair simplement.

— Après cela, tu as peut-être raison, dit Marcel avec un peu d'amertume; ainsi, moi, je n'ai pas toujours mangé à ma faim; j'ai dû lutter, je lutte encore...

Puis, tous deux restèrent silencieux, ayant chacun dans le regard une vision étrange qui les tenait cloués.

L'un grand, robuste, à longue crinière noire, à barbe drue, à grands pieds, à larges mains; l'autre, petit de taille, un peu grêle, avec des mains fines et des pieds petits, des cheveux tirant sur le roux et de rares poils de barbe semés à côté de cratères microscopiques, reste de petite vérole, qui dessinaient un léger tatouage le long des ailes du nez et de chaque côté de la moustache.

L'un à face mobile, un peu sanguine, au regard vif, au rictus épais; l'autre à visage pâle, à l'œil bleu faïence, doux et calme, au sourire à peine esquissé.

L'un à voix rude, brève, saccadée, enfiévrée, tonnante; l'autre à timbre égal, au son doucement modulé, caressant quoique un peu froid, harmonieux quoique un peu triste.

Deux caractères, deux oppositions. Une tempête noire, un calme blond; d'un côté, le lac, de l'autre, le volcan.

Deux amis pourtant.

L'un, l'hercule, un avocat devenu journaliste pour entrer dans l'action; l'autre, le petit rousseau grêlé, un ancien commis de librairie devenu médecin pour sortir du néant.

Le premier, Alcide Maron.

Le second, Marcel Férand.

Le tribun-polémiste à côté du courtaud-docteur.

Tous deux sortis de rien et voulant devenir quelque chose. L'un rêvant de Mirabeau et de Danton; l'autre de Desgenettes et de Pinel.

Rêves de la vingtième année qu'ils faisaient encore tous les deux à trente-trois ans, à l'heure où le glas sonne sur toutes les illusions.

Au bout d'un long silence, Marcel releva la tête.

— Crois-moi, laissons cela; tu auras beau crier, tu ne changeras rien quant à présent. Tu t'échauffes, tu tempêtes à rendre mes meubles sourds et, comme ils sont déjà bancals, ne leur donne pas un surcroît d'infirmités; toute ma science, suivant Hippocrate, ne pourrait rien sur eux. Parlons d'autre chose...

— De toi?

— Oui, de moi. C'est un sujet de conversation peu attrayant, j'en conviens, mais c'est un sujet d'actualité.

— Alors, c'est décidé, tu pars?

— Oui, je pars, dans quatre jours.

— Et comment est-ce que cela s'appelle le trou dans lequel tu vas aller exercer?

— Chancenay. C'est à cinq heures de Paris, sur la ligne d'Orléans. Veux-tu que je te dise le nombre d'habitants?

— Dis toujours?

— Mille trois cent quarante, selon le dernier recensement.

— Et ces braves gens n'ont jamais eu de médecin ? Heureux pays !

— Si, mon vieux, ils ont connu ce bonheur. Le seul qu'ils aient eu jusqu'ici était vieux et ivrogne. Pendant quatre jours sur six il se grisait abominablement, abandonnant ses malades au pharmacien de la ville voisine, lequel en usait largement. Les deux autres jours, durant lesquels il avait à peu près sa raison, étaient employés par lui à mettre à mal une bonne partie des filles de l'endroit. Bref, il a su faire mourir quantité d'honnêtes gens et donner la vie à beaucoup d'autres. A cette heure il n'est plus ; que son prochain lui pardonne. Moi, je lui en sais un gré infini.

— Tiens, pendant que tu parlais, je me livrais à un petit travail de statistique. Je réfléchissais à ceci, c'est que si le dixième de la population dont tu parles voulait bien, pour t'être agréable, consentir à être pris de maladie une fois par an, tu te trouverais de suite à la tête de un malade environ tous les trois jours, soit deux par semaine et huit par mois Tu le vois, après avoir été Marat, je deviens Barème. Penses-tu au moins que ces huit ou dix malades par mois puissent te faire vivre ?

— Mon cher, je ferai venir des maladies de Paris.

— De la décentralisation.

— Et puis, il peut survenir une épidémie.

— Une occasion de se faire décorer.

— Enfin, s'il y a peu de malades, peu de pain à

manger et beaucoup d'eau à boire, cela ne me changera pas, j'y suis habitué.

— Misère à Paris, misère en province! Écoute, le meilleur moyen de te créer des malades, c'est de coopérer, comme ton prédécesseur l'ivrogne, au repeuplement du pays.

— J'ai assez peu le physique de l'emploi.

— C'est une erreur. Tu n'es pas joli garçon, je te l'accorde, mais tu possèdes une voix douce et caressante, tu as des manières distinguées. Pourquoi ne plairais-tu pas? D'ailleurs, il faudra bien te marier là-bas.

— Peut-être.

— Il n'y a pas de peut-être; un médecin de campagne doit être marié. Je te souhaite une grosse dot, ami Férand! Tu as bien quelque part une vieille parente qui te trouvera cela?

— J'ai à Chancenay une respectable marraine, vieille fille de cinquante-six ans, qui tient le bureau des postes depuis un quart de siècle. C'est toute ma famille.

— Et c'est elle qui te décide à quitter Paris?

— C'est elle. La brave femme ne m'a jamais complètement abandonné. Il y a cinq ans, à la mort de ma mère, elle a bien voulu me venir en aide, payer les frais d'inhumation et les honoraires d'un confrère que j'avais fait appeler. Étions-nous assez malheureux à cette époque! Toi-même tu voulus aussi m'aider...

— Crois-tu? je l'avais parfaitement oublié.

— Moi, je n'oublie pas. Depuis, cette bonne mar-

raine vient à mon secours de temps en temps.
Comme elle sait que je n'aurais pas le courage de
lui rien demander, elle prend les devants. C'est elle
qui m'entretient; elle m'expédie des gilets de fla-
nelle, des draps de lit, un tricot. L'hiver dernier,
elle m'a envoyé un sac de pommes de terre; tu sais,
de celles que nous mangions ensemble, cuites au
torchon.

— Ah! les bonnes pommes de terre! voilà une
brave femme!

— Brave femme! Les marraines de cette trempe
disparaissent tous les jours.

— Et l'on en est réduit à acheter ses pommes de
terre.

— Il y a trois semaines, elle m'a écrit une longue
lettre pour m'engager à venir à Chancenay. Elle a
trouvé d'excellentes raisons, me disant que le pays
n'était pas très sain, qu'il y avait fréquemment du
brouillard et environ 170 jours de pluie par an.
Tout cela est excellent pour les rhumes, bronchites,
pneumonies, etc. Elle prétend qu'il y a aussi quelques fièvres malignes. Tu vois jusqu'où son dévoue-
ment peut aller. Ajoute qu'elle entend se charger
de mon installation là-bas et qu'elle m'offre d'ac-
quitter ici toutes mes petites dettes. Elle m'ouvre
pour cela un crédit de deux cents francs.

— Brave femme décidément.

—.Oui, brave femme, qui me suppose deux cents
francs de dettes ; cela n'est pas bien flatteur, mais,
que veux-tu, la femme n'est pas parfaite. Je la sur-
prendrai beaucoup en lui disant que je ne dois uni-

quement qu'un petit solde de trente francs à mon libraire.

— C'est vrai, tu es un garçon rangé, toi.

— Eh! mon cher vieux, je n'ai pas eu le choix des moyens. C'était une question de vie ou de mort.

— Et aussi une question de jeûne.

— On ne meurt pas quand on peut manger de temps en temps. Et puis, quand la cervelle est occupée, le ventre peut attendre.

— Quand tu auras la dot dont je parlais tout à l'heure, tu pourras manger tout ton soûl.

— Je n'aurai peut-être plus faim alors; mais, advienne que pourra, j'aurai fait mon devoir.

— Ah! je ne plains pas Chancenay qui peut s'offrir un médecin tel que toi.

— Je suis prêt à mourir à la peine.

— Face à l'ennemi! Après tout, c'est là le bon combat. Et moi qui ne voyais à combattre ici-bas que l'ignorance et la tyrannie. Nos champs de bataille se valent. Tous deux simples soldats dans la mêlée, ayant dans la bouche ce cri de nos pères : Hardi!...

Et les deux hommes se serrèrent la main.

— Quand quittes-tu Paris?

— Dans quelques jours; le temps nécessaire pour faire mes préparatifs de départ; j'écrirai demain à Chancenay pour annoncer mon arrivée.

— Allons, puisque c'est écrit... va soigner, tes paysans; moi, je reste ici pour faire des révolutions. Au revoir, docteur Férand!

— Au revoir, Danton!...

II

Le lendemain Marcel Férand se mit à la besogne ainsi qu'il se l'était promis. Il écrivit à Mlle Cécile Hautecœur, sa vieille marraine de Chancenay, pour lui fixer le jour de l'arrivée.

Puis il commença le classement de tout ce qu'il désirait emporter avec lui, se promettant de liquider à un brocanteur les trois ou quatre meubles qui garnissaient la chambre de l'étudiant et dont l'état vermoulu n'aurait pas permis le voyage.

Que de reliques dans cette chambre où il n'y avait presque rien !

Deux portraits : le père et la mère ; photographies qui s'effaçaient chaque jour ; travail du temps qui estompait le tout, jetait une sorte de voile, mais gardait aux visages leur souris et leur douceur.

Le père, une large figure d'honnête homme, tête bien caractéristique d'ailleurs : front haut, cheveux rejetés en arrière, favoris et barbe en collier à la mode de 1850, cravate à triple tour et gilet fleurs.

Mort à 61 ans, à la suite d'un désordre grave survenu tout à coup au cerveau.

La mère, une figure douce et triste que l'on croyait voir sourire à travers des larmes.

Avait-il eu de la peine à la décider à faire faire son portrait! Que de prières pour en arriver là! La bonne maman résistait : «Je suis trop vieille, tu sauras bien te souvenir de moi sans cela.» Mais Marcel était tenace et il avait fini par gagner son procès.

Enfin, sans ce portrait, comment eût-il pu embrasser à cette heure celle qui l'avait si souvent soutenu, consolé?

Le père mort, maman Férand était revenue à Paris avec son fils. Elle ne pouvait abandonner ce dernier en pleine grande ville et lui laisser chercher sa voie au milieu des misères et des déceptions de chaque jour. Marcel était entré tout d'abord chez un libraire ; là, on lui faisait empaqueter des livres et des journaux, porter des ballots, coller des adresses. Au bout de quelques mois, comme on avait pu juger de son intelligence, on lui donnait à établir la table d'un gros dictionnaire de médecine dont on achevait l'impression. Pendant une demi-année, il resta sur cette table, accomplissant avec bonheur une véritable besogne de bénédictin. Ce travail obscur devait décider de sa vocation.

Un jour, Marcel parla sérieusement d'étudier la médecine et la mère consentit à faire un nouveau sacrifice. On utilisa les petites rentes qui restaient, épaves recueillies à la suite de la mort du père, et maman Férand se remit courageusement à l'ouvrage : elle avait été autrefois très habile à recouvrir des buscs de corset. Il lui sembla recommencer les premières années du mariage, alors que l'on mangeait force salades et raves et qu'on buvait de l'eau.

Devant les privations qu'il imposait ainsi à sa mère, Marcel s'accusait quelquefois. N'aurait-il pas mieux fait de rester chez le libraire ? Il serait bien arrivé à gagner douze ou quinze cents francs, peut-être deux mille vers les trente ans. On aurait pu se donner un peu de bien-être, alors que son égoïsme — il ne trouvait pas d'autre terme — entretenait au logis une misère noire.

Maman Férand était heureuse pourtant. Cette misère la tuait tout doucement, mais n'arrivait pas à effacer un éternel sourire qu'elle adressait à son fils : le futur docteur Férand.

Marcel à peine reçu, elle avait pu mourir tranquillement, le corps usé, mais le cœur plein de joie.

Alcide Maron avait eu raison de dire des parents de Marcel : — morts à la peine... et le ventre vide.

Ah ! Docteur !... le rêve d'une mère, l'ambition d'un gamin de seize ans ! Est-ce que cela avait empêché la misère de continuer ? C'était aujourd'hui la misère en redingote noire, luisante, râpée aux coudes, sous laquelle passait un linge blanc mais effiloché ; quelque chose de triste et d'humiliant.

Cela valait-il mieux que les douze cents francs du libraire ?

Maintenant il fallait aller s'échouer à quarante lieues de Paris, dans un ridicule chef-lieu de canton ; devenir le médecin de campagne décrit par Balzac et Sandeau, arpenter les chemins boueux, risquer chaque jour la fluxion de poitrine pour arriver à manger et vieillir seul, attristé, en regrettant toujours les privations que la mère s'était imposées pour lui.

Certes, le déménagement n'était pas gai. Alcide serait revenu voir son ami le lendemain qu'il l'eût trouvé en train de pleurer.

Les préparatifs du départ avaient été terminés en un jour ; le tout tiendrait bien dans deux fiacres : livres, habits et linge ; les frais ne seraient pas considérables et sa malle n'était pas encombrée de souvenirs de femme. Marcel avait vécu jusqu'ici sans liaisons d'aucune sorte ; il partait le cœur libre, sans un regret donné à la petite blanchisseuse qui avait voulu absolument le séduire, le trouvant distingué ; ayant presque oublié un souvenir triste de l'Hôtel-Dieu : une bague à lui donnée par une femme inconnue prête à mourir.

Cette bague, il la retrouvait en vidant un dernier tiroir de commode : cela ressemblait à un anneau de mariage sur lequel était gravé un mot : *Oui*, et au-dessous des lettres initiales : A. J. Un cadeau qui valait environ trente francs et devant lequel Marcel avait jeûné.

Qui sait ! cela lui porterait peut-être bonheur.

Allons, le moment était arrivé de dire adieu à cette chambre dans laquelle il avait gîté si misérablement et qui ne lui rappelait aucun souvenir non pas joyeux, mais seulement heureux ; à ce Paris où il avait tant souffert dans son orgueil.

Il y laissait un ami, Alcide, mais un ami que le premier tourbillon politique emporterait, et dont il devrait fatalement perdre la trace au milieu de luttes déjà pressenties.

— Un homme dont on ferait un ministre ou un déporté, en tous cas un homme à la mer.

Et Marcel, ses deux fiacres chargés, se dirigea vers la gare d'Orléans pour profiter d'un train de nuit un peu plus rapide que les autres. Il arriverait ainsi à Chancenay aux premières lueurs du jour, évitant les regards curieux des naturels de l'endroit, prévenus sans aucun doute ; un télégramme devait avertir sa marraine, Mlle Cécile Hautecœur.

Comme il pénétrait dans le grand hall de la gare, il fut surpris du peu d'animation qui régnait autour de lui ; à peine quelques personnes attendant l'ouverture des guichets ou faisant inscrire leurs bagages. Assis sur des bancs, quelques soldats en congé, tout sales et déjà fatigués par un long trajet. Plus loin, se tenant à l'écart, un monsieur de soixante ans environ, à cheveux blancs coupés ras, donnant le bras à une grande jeune fille blonde.

Le père et la fille, sans doute.

Marcel passa près d'eux pour arriver au guichet et le père le suivit.

— Troisième, Chancenay, demanda Marcel.

Et pendant qu'il ramassait sa monnaie, il surprit un signe que le monsieur faisait à sa fille.

— Deux premières pour Chancenay, dit ce dernier en regardant Marcel s'éloigner.

Comme ces deux voyageurs pour Chancenay allaient le croiser pour entrer dans la salle d'attente des premières, Marcel crut entendre le monsieur dire à la jeune fille :

— Sans doute le nouveau médecin.

Et il vit cette dernière le toiser des pieds à la tête et esquisser une moue dédaigneuse qui signifiait clairement :

— Ah ! c'est cela...

Puis ils disparurent.

III

Vers cinq heures du matin, le train s'arrêta à la station de Chancenay, distante d'une demi-lieue du pays et plantée en travers d'une large route départementale bordée de grands peupliers. Marcel aperçut encore le vieux monsieur à cheveux blancs et sa fille ; ils montaient dans une diligence qui attendait dans la cour de la gare, pendant que le conducteur, un pied sur l'une des roues du véhicule et le genou droit sur la capote, amarrait deux grands paniers et une malle.

Le conducteur aperçut Marcel.

— C'est vous, monsieur Férand ? demanda-t-il.

Et comme Marcel inclinait la tête :

— Vous aller monter avec moi ; Mlle Hautecœur m'a dit de vous ramener.

Dans l'intérieur de la voiture, le vieux monsieur dit à la jeune fille :

— Tu vois, je ne m'étais pas trompé.

Les bagages du jeune docteur, trop volumineux pour pouvoir être chargés sur la diligence, furent laissés à la consigne du chemin de fer, et Marcel, ayant pris seulement avec lui une valise qui contenait un peu de linge et quelques objets de toilette, s'installa sur la banquette de devant entre le cocher, un sac de dépêches et le paquet des journaux. Quelques instants après, les deux chevaux faisaient résonner leurs grelots le long de la route accompagnés par les claquements de fouet du courrier, lequel disait de temps en temps à ses bêtes :

— Allons, hi... dzoup !...

Marcel observait en même temps qu'il répondait aux questions indiscrètes du cocher.

Heureusement que l'on apercevait les premières maisons de Chancenay.

Se cahotant sur un large pavé carré, et donnant dans le silence un bruit épouvantable de vitres et de ferrailles, la diligence arrivait au grand galop de ses chevaux ; le conducteur faisant claquer son fouet et distribuant quelques coups de mèche à deux ou trois chiens qui aboyaient autour de l'attelage.

En passant devant une étroite maison de deux étages à volets verts, l'homme au fouet dit à Marcel :

— Tenez, c'est là : le logement du premier.

Ainsi tout le pays était au courant ; depuis quinze jours on disait sans doute en longeant la grand'rue :

— C'est là le logement du nouveau médecin, le fillo de Mlle Hautecœur.

A côté du boucher qui commençait à ouvrir sa grille, la diligence s'arrêta ; on était arrivé au bureau. Tout le monde descendait, tout le monde : Marcel Férand, le vieux monsieur et sa fille.

Cette fois le vieux monsieur affecta de regarder Marcel un peu plus longuement et, comme le jeune docteur allait passer indifférent, il lui tira son chapeau de façon aimable. Marcel rendit le salut et fit quelques pas pour découvrir le bureau des postes.

Tout à coup il aperçut une petite vieille toute ratatinée, la tête et les épaules enveloppées dans un grand châle bleu tricoté, qui lui criait de vingt mètres :

— Ah ! mon pauvre garçon, comme te voilà !... Comme je suis aise !... Tout ton chez-toi est prêt, va, mon petit.

Puis, après l'avoir embrassé longuement :

— Comme tu as vieilli, hein ? depuis vingt-trois ans que je ne t'avais vu !... C'était en 47 ; c'en est une date, ça.

Et la marraine Hautecœur, prenant le bras de Marcel, l'emmena chez elle en lui disant :

— Comme tu dois être fatigué, hein, mon gars ?

Et comme le courrier avait suivi, tenant son sac de dépêches, elle lui dit en lui prenant le sac et en lui mettant dans la main une petite pièce de quatre sous :

— Tiens, voilà pour boire la goutte à la santé de monsieur le docteur Férand.

Une grande fille de vingt-deux à vingt-trois ans, un peu sèche, aux yeux et aux cheveux d'un noir violent, entrait en même temps qu'eux dans la salle, venant de la cuisine, et tenant une petite soupière à fleurs qui fumait comme une cheminée de locomotive.

— Du bouillon de Chancenay; tu vas nous dire s'il est aussi bon que celui de Paris.

Et, montrant son fillo, la marraine Haudecœur dit à la grande fille :

— Voilà le docteur.

La grande fille, tenant toujours sa soupière de bouillon, regardait curieusement Marcel.

— C'est la Désirée, dit la marraine, une fille qui me fait ma pot-bouille. Tiens, tu vas t'asseoir ici et prendre ton potage ; pendant ce temps-là je vais ouvrir mon sac pour la première distribution. Après quoi tu pourras aller te reposer : on t'a préparé un lit là-haut, deux matelas sur un lit de sangles. Demain, tu seras dans ton chez-toi; ça sera un peu plus confortable.

Et la bonne dame eut un petit sourire satisfait et mystérieux, auquel la Désirée répondit par un sourire semblable. Puis, tout à coup :

— Mais, j'y songe, s'écria Mlle Hautecœur, moi qui te tutoie encore comme si tu avais toujours huit ans !...

— Mais, dit Marcel en prenant les mains de la vieille demoiselle et en lui mettant un bon gros baiser sur la joue, j'espère bien que vous n'allez rien changer à vos habitudes. Ne plus me tutoyer! mais ce serait me faire de la peine, et puis je me sentirai moins isolé ainsi.

— En ce cas, sois satisfait. D'ailleurs, il faut bien que je te l'avoue : cela m'aurait gênée énormément. Pendant tout le temps que tu es resté à Paris, il me semblait que j'avais un fils qui m'avait quitté tout petit et que j'allais revoir un de ces jours. C'est ridicule à une vieille fille comme moi de dire des choses comme ça, mais je n'ai pas le défaut d'être prude et je puis bien dire que je t'ai toujours considéré comme mon garçon... Mais je bavarde comme une pie, mon travail ne se fait pas et je t'empêche d'aller te coucher. Va, nous avons maintenant du temps devant nous pour causer.

— Je n'ai plus envie de dormir, répondit Marcel, et il faut vraiment que vous m'y forciez...

— Eh! bien, oui, on t'y force. C'est que, vois-tu, j'ai pas mal de choses a te dire et je ne veux pas qu'en m'écoutant tu songes au lit de plume et à l'oreiller ; nous reprendrons cela quand tu seras plus dispos. Au revoir.

Et la vieille demoiselle indiqua l'escalier à son fillo en disant à la Désirée :

— Montre-lui où est la chambre.

Marcel suivit la grande brune qui faisait claquer ses savates sur les marches de sapin et, arrivé en haut, sur le palier, il la remercia.

— Je vais vous tirer le rideau, dit-elle, car voilà le soleil qui commence à se montrer.

Quelques minutes après, Marcel Férand dormait profondément.

Pendant ce sommeil, Mlle Cécile Hautecœur s'occupa de son tri quotidien, chargea le courrier d'opérer l'emménagement des bagages restés à la consigne, et fit donner la dernière main au logement de *monsieur le docteur*.

La Désirée s'en alla donc ouvrir les contrevents, épousseter les meubles, ranger les ballots de livres, la malle et la table arrivés de Paris, et débarbouiller les glaces sur lesquelles de pauvres mouches mortes de froid restaient collées.

La bonne vieille marraine avait fait les choses maternellement.

A peine la Désirée se fut-elle montrée dans le logement que quatre ou cinq commères des environs vinrent passer et repasser devant les fenêtres, espérant saisir quelques bribes d'informations et plonger un regard curieux au travers des vitres. Par malheur, la Désirée ne paraissait pas d'humeur à jaser ce matin-là, et derrière les vitres il y avait des rideaux neufs fraîchement empesés.

Lorsque Marcel se réveilla, tout était terminé, mis en place, et il ne restait pas un grain de poussière sur les meubles.

— Eh bien ! dort-on tout de même à Chancevay ? demanda la marraine Hautecœur.

— C'est un peu plus calme que rue de Bucy, répondit Marcel, et mon vieux canapé n'aurait jamais pu soutenir la comparaison avec les deux matelas de votre lit de sangles.

— Cela n'est rien, docteur ; après le déjeuner je te ferai voir autre chose.

— Vous aurez encore fait des folies, bien sûr.

— Sois tranquille, je ne t'ai pas acheté un château sur mes économies de directrice des postes; cela ne se trouve guère que dans les opéras-comiques. Du reste, nous irons voir cela tous les deux, après le déjeuner.

— Mais on passe tout son temps à manger et à dormir dans ce pays-ci, dit Marcel en s'installant en face de la vieille demoiselle. Voici des œufs à la coque d'un embonpoint remarquable, et les boulangers de Chancenay cuisent du pain qui ressemble à de la brioche.

— Pauvre grand garçon, tu faisais maigre chère à Paris, hein?

— Mais non, le messager m'apportait de temps en temps des pommes de terre... Tenez, marraine, il faut que je vous embrasse de la part d'un vieil ami à moi, Alcide Maron ; il partageait quelquefois avec moi et son admiration pour vous était sans bornes. « Ah ! la brave femme! » disait-il, en retirant délicatement la pelure avec ses doigts...

— Il n'avait plus de marraine, lui?

— Non; il avait réussi à se fâcher avec tous les siens.

— Ah!

— Tout cela à cause de la politique : c'est un républicain rouge.

— Et les parents lui coupaient les vivres?

— Pour le faire revenir à de meilleurs sentiments. Un brave garçon, allez, un peu exalté, utopiste en diable, mais quel cœur!

— Mon cher petit, prononça gravement la vieille demoiselle, il y a d'honnêtes gens dans tous les partis; mais si tu veux me permettre de te donner un conseil en passant, occupe-toi le moins possible de politique. Si tu veux avoir des clients, crois-moi, laisse la politique de côté.

— Et tant pis si nous allons à la culbute?

— Mon Dieu, oui, tant pis; tout cela c'est plus fort que nous. Et maintenant, parlons de tes petites affaires. Les deux cents francs ont-ils été suffisants pour payer les petites dettes?

— Tout y a passé, répondit Marcel avec un grand sérieux.

— C'est parfait. Parbleu, on sait ce que c'est : un garçon à Paris ne peut pas vivre comme une fille; il t'a peut-être fallu liquider une situation... équivoque. Ne me dis rien, je n'ai pas besoin de savoir...

— Mais si, au contraire, vous avez besoin de tout connaître, s'écria Marcel en éclatant de rire ; tenez, marraine, voici ma facture acquittée : *Souscription au Dictionnaire général de médecine et de thérapeutique, fascicules V à Z, ci... 30 francs*. Et maintenant, voilà les cent soixante-dix francs qui forment la différence.

— Ah! brigand! dit la vieille demoiselle en versant une larme de joie, c'est pourtant vrai ce qu'il dit. Et il me laissait causer comme une vieille pie. J'aurais dû me douter que tu avais toujours été sage, mais nous n'en dirons rien dans le pays : cela te ferait du tort.

Et comme la Désirée entrait dans la salle :

— Figure-toi, lui dit-elle en riant, que le docteur vivait à Paris comme un... allons, bon, moi qui allais faire des cancans.

Puis, changeant de ton :

— Ah ! à propos, comment trouves-tu cette grande fille ?

Marcel regarda la Désirée et crut la voir rougir sous son teint brun.

— Mais, pourquoi cela ?

— Parce que j'ai décidé de la placer chez toi : on n'attend plus que ton acquiescement. La Désirée fait mon petit tripot depuis trois ans, elle est très au courant du service, et c'est une brave fille très honnête. Ce sont là des choses qu'on peut dire devant les gens.

— Mais vous, marraine ?

— Moi, j'ai déjà trouvé quelqu'un pour la remplacer : une enfant de quinze ans qui vient de perdre son père et sa mère. Cela me procure l'occasion de faire une bonne action.

— Eh bien ! j'accepte les yeux fermés. Pourtant, ajouta Marcel, lorsque la Désirée se fut retirée, tout cela ne va-t-il pas me mener un peu loin ?

— Quinze francs par mois et nourrie. Dame, il le faut, mon garçon.

— Et couchée aussi ?

— Et couchée. Ah çà ! mon ami, tu ne vas pas te faire plus royaliste que le roi ; M le curé a une gouvernante de trente ans. Maintenant, je suis libre jusqu'à trois heures, moment des levées pour Paris, je vais te faire les honneurs de ton chez-toi. Si tu veux

m'offrir ton bras : tu me permettras bien de te faire
voir un peu dans la grand'rue.

Marcel eut un sourire discret et fit avec empresse-
ment ce qu'on lui demandait.

— Demain, vois-tu, disait la vieille marraine en
s'appuyant au bras de Marcel, demain nous irons
faire quelques visites obligées; il te faut aller chez
le maire, chez le curé, voir le notaire et pousser une
pointe jusqu'au château. Bonne politique cela, mon
garçon.

Enfin, l'on était arrivé devant la maison des Chavin, et ces derniers étaient là pour recevoir leur lo-
cataire. Le bonjour donné et après une parlotte de
quelques minutes, Marcel put entrer chez lui et fut
doucement ému en voyant la grosse surprise de la
bonne demoiselle.

— Marraine, lui dit-il, vous avez juré de me
perdre. Hier encore, j'étais si misérable que je me
demandais comment je pourrais arriver à payer mon
voyage sans entamer vos cent soixante-dix francs ;
aujourd'hui, vous me plongez dans un luxe... Au
moins, je n'accepte ceci que comme un prêt.

— Eh bien! mon garçon, tu tombes mal, car j'ai
déchiré toutes les factures de mes acquisitions et
je n'ai pas la mémoire des chiffres. Tu me rendras
cela dans l'autre monde et le plus tard possible par
conséquent.

Maintenant on visitait les chambres du premier.

— Tiens, voilà ta chambre, elle donne au midi sur
le jardin des Chavin; au fond de ce corridor il y a
un grand cabinet : c'est là que la Désirée couchera.

Voici une autre pièce sur la rue; quand tu te marieras, elle pourra servir de chambre pour les enfants.

— Comme vous y allez, répondit Marcel en s'appuyant sur la barre d'appui de la fenêtre, à côté de la vieille demoiselle.

A ce moment son attention fut attirée dans la rue par le passage du monsieur à cheveux blancs et de sa fille, les voyageurs de la veille.

— Voilà, dit-il, des personnes avec lesquelles j'ai fait route cette nuit, eux en première et moi en troisième ; comment les appelez-vous?

— Eh! mais, répondit Mlle Hautecœur, c'est Mlle Gendrin et son père. Comment, les voici de retour !...

Puis, après un moment de réflexion :

— Parbleu, cette fille-là ferait ton affaire.

— J'en doute, fit Marcel se rappelant la moue dédaigneuse de la veille.

Mais la vieille demoiselle continuait en elle-même un raisonnement d'une nature particulière. Elle regarda pendant quelques instants Mlle Gendrin et son père qui s'éloignaient dans la direction du petit Chancenay, puis elle dit tout à coup :

— Et pourquoi pas? Surtout si tu me laisses faire.

IV.

Depuis deux mois Marcel Férand était *chez lui*, depuis deux mois il était le médecin de Chancenay et des environs, et il avait donné ses soins à une vingtaine de malades parmi lesquels aucun ne lui avait fait la mauvaise plaisanterie de passer de vie à trépas. Vingt malades en deux mois, donc Alcide Maron était demeuré bien au-dessous dans ses prévisions.

Cela n'empêchait pas Marcel de se trouver bien seul aux heures de veillée lorsque, après le dîner, il prenait sa lampe et allait s'enfermer dans son cabinet pour lire ou travailler. Quelquefois, il échappait à cet isolement en allant passer une heure chez la directrice des postes ou bien en se couchant aussitôt le repas terminé, moulu par toute une jour-

née de courses au grand air. Mais c'était là l'exception et, comme la Désirée parlait peu ou point, il y
avait des moments où il se croyait tout à fait seul
dans la maison des Chavin.

Et pourtant, déjà à ce moment, s'il avait eu la
curiosité de savoir ce que la Désirée faisait alors
qu'il tuait le temps dans son cabinet de travail, il
eût pu la surprendre l'œil collé au trou de la serrure. Elle restait ainsi de longs instants, essayant
d'apercevoir Marcel, épiant chacun de ses mouvements et se retirant enfin dans sa chambre, heureuse de se sentir aussi près de lui.

Marcel Férand ne se doutait de rien, il ne remarquait rien d'étrange briller dans ce regard qui restait cloué sur lui pendant les repas. Le feu extraordinaire qui se dégageait de ces prunelles noires
ressemblait aux premières lueurs de l'incendie
aperçues trop tardivement. A part cela et les soins
empressés qu'elle prodiguait au jeune docteur, la
Désirée ne laissait rien voir ; elle concentrait tout
en elle-même, évitant même de s'interroger sur le
caractère bizarre d'une passion qui couvait déjà
depuis deux mois, et qui, lentement, arrivait à un
degré d'intensité extraordinaire.

Comment eût-elle pu, d'ailleurs, raisonner un sentiment qui l'avait prise brusquement par les sens ?
Elle se rappelait l'arrivée du jeune docteur chez
Mlle Hautecœur, sa parole douce et comme moel-
leuse, son teint pâle et l'ensemble harmonieux, plein
de distinction et de charme. Marcel était un peu
trop grêle, un peu trop blond, sans doute ; mais la

grande brune, aux cheveux d'un noir bleu, aux cils ombrés furieusement, au teint mat, trouvait cette opposition exquise sans en chercher l'explication. Elle désirait plus encore qu'elle n'aimait.

Avec cela, incapable de rien tenter pour attirer sérieusement l'attention de Marcel et prenant des précautions infinies pour l'épier le soir à la porte de sa chambre : marchant pieds nus, retenant son souffle et cherchant à comprimer les battements de son cœur.

Mais tout cela était bien superflu. Marcel était sourd et aveugle et, de plus, à cent lieues de soupçonner la passion qu'il avait allumée dans le cœur de la Désirée.

La vieille demoiselle Hautecœur, moins bien placée pourtant pour être renseignée, en savait beaucoup plus long que son filló; mais comme elle se piquait de n'être pas prude, la chose ne l'offusquait nullement.

Pourtant, un jour, elle crut devoir sonder habilement Marcel afin de savoir ce qu'il y avait de vrai ou de faux dans ses suppositions.

— Tu sais, mon cher petit, que je me suis fait un devoir de te trouver une femme.

— Le mariage forcé, alors?

— Tout justement. Il y a besoin d'une femme dans ta maison.

— Mais, n'ai-je pas la Désirée?

— Il y vient de lui-même et plus facilement que je ne le pensais. Écoute, docteur, je ne t'ai pas donné cette fille pour t'amuser.

— Vous dites, marraine? fit Marcel sans trop comprendre.

— Je dis que tu as besoin d'une femme, cela est très naturel, d'ailleurs, et à ton âge, je crois, Dieu me pardonne, que je raisonnais là-dessus de façon semblable quoique en sens inverse; mais cette femme il faudra qu'elle devienne Mme Férand.

— Parbleu, marraine, m'auriez-vous supposé l'intention d'épouser la Désirée?

— Voyons, dit sérieusement Mlle Hautecœur, jouons-nous aux devinettes ou te refuses-tu à me comprendre? Depuis combien de temps la Désirée est-elle chez toi ce qu'on appelle la bonne à tout faire?

Marcel ne put réprimer un geste de profonde surprise.

— Prenez garde, marraine, qu'il en soit de ceci comme de votre prêt de deux cents francs que vous croyiez dévoré. Vous faites encore fausse route... Il est vrai que les deux cents francs étaient entamés, mais je vous affirme que cette fois je n'ai rien entamé du tout. Votre dépôt est intact, du moins pour ce qui me concerne.

— Eh! mon Dieu, mon gros, tu te défends comme un écolier pris en faute; sois pourtant assuré que mon intention n'est pas de te faire de la morale, loin de la. La Désirée est une grande fille assez passable et, tiens, veux-tu mon sentiment? eh bien, si ce que tu viens de me dire est vrai, tant pis pour toi.

— Je ne puis pourtant pas, pour vous faire plai-

sir, avouer ce qui n'est pas. Au surplus, je ne suis
pas meilleur qu'un autre, ni plus sucré, et si ce que
vous soupçonniez n'est pas arrivé, c'est que, probablement, ni la Désirée, ni moi, nous n'éprouvons le
besoin que cela arrive.

— En es-tu bien sûr?

— Dame, oui, pour mon compte.

— Cela est possible, mais elle... Je parie que,
depuis ton installation à Chancenay, tu n'as pas fait
attention à cette fille.

— Ma foi, cela est vrai.

— Eh bien! observe-la désormais. Moi, pendant ce
temps, je vais m'atteler tout à fait à ton mariage.

— Mais nous avons encore le temps.

— C'est une erreur; si j'attendais trop, il serait
bientôt trop tard.

Marcel, resté seul, se mit à songer au *observe-la
désormais* de la vieille demoiselle. L'aventure était
trop étrange en vérité. Comment, lui, Marcel, il avait
pu allumer une passion! car, pour si modeste que
fût sa bonne fortune, il ne la tenait pas moins pour
curieuse et appréciable. Tout cela était nouveau, en
effet, et il se promettait d'étudier tous les phénomènes de cette passion-là.

« Observe-la désormais,» avait prononcé la marraine Hautecœur.

Et, dès le soir même, Marcel Férand se mit en
devoir d'observer.

La Désirée prenait son repas dans la cuisine, et
pendant le déjeuner du docteur c'était une suite
d'allées et de venues de la cuisine à la salle à man-

3

ger pendant lesquelles Marcel plaçait un mot quelquefois, lisant ses lettres ou écoutant les informations de la grande fille.

Ce soir-là Marcel dit à la Désirée :

— Est-ce que vos parents ne sont pas du pays ?

— Non, monsieur, répondit-elle, ils sont de Vernouillet, à deux heures d'ici.

— Et vous n'allez jamais les voir ?

— Si, deux fois par an : à la fête et à la Chandeleur...

— Vous m'en rappellerez les dates, car je ne veux pas vous priver d'un semblable plaisir. Et puis vous avez peut-être à Vernouillet d'autres personnes à voir...

— Mais non...

— Pas d'amoureux, de promis ?

La Désirée ne se sentit pas surveillée ; elle répondit assez froidement :

— Je n'ai pas d'amoureux.

— Sinon là-bas, peut-être ici ?

— Nulle part, mademoiselle Hautecœur aurait pu vous le dire.

— Soyez tranquille, on peut avoir un amoureux et rester tout de même une brave fille. Maintenant peut-être ai-je été trop curieux ; je n'ai pas à vous demander votre secret si vous en avez un.

La Désirée se surprit à rougir jusqu'aux oreilles et ne trouva plus un mot à répondre ; de son côté, Marcel coupa court à ses interrogations. Il était évident que la grande brune avait quelque chose qu'elle ne voulait pas dire.

Huit jours après, Marcel ne pensait plus du tout à ce que la marraine Hautecœur croyait un simple incident dans la vie du docteur, et la Désirée continuait à cacher son secret à quiconque et à guetter le soir par le trou de la serrure. La froideur de Marcel n'arrivait pas à la guérir.

Enfin, une après-dîner, la vieille demoiselle dit à son fillo :

— Je crois, mon gros, que nous allons enfin entrer dans la place.

— Quelle place ? interrogea Marcel, toujours un peu surpris des brusques sorties de sa marraine.

— Quelle place ? tu le demandes ! mais la présentation aux Gendrin, mon cher garçon.

— Alors, c'est bien entendu, vous voulez que je cherche à épouser cette jeune fille ? Tenez compte que j'ai tout l'air de ne pas lui plaire le moins du monde.

— Qu'en sais-tu ?

— Ne serait-ce qu'un mouvement dédaigneux surpris par moi.

— T'imagines-tu que mademoiselle Gendrin va tomber amoureuse de toi tout d'un coup comme la Désirée...

— Marraine, la Désirée n'est pas amoureuse, et je ne sais vraiment où vous avez été prendre cela.

— Soit. Amoureuse ou non, cela ne fait rien à l'affaire qui nous occupe. Je me suis promis de te marier et tu peux croire que j'y travaille ferme.

— Eh bien ! à votre aise. Vous disiez donc que nous allions entrer dans la place ?

— C'est une façon de parler ; voici exactement où
en sont les choses. Tes propriétaires, les Chavin,
ont un fils, vieux garçon de quarante-six ans que
tu dois connaître...

— En effet, une sorte de Don Quichotte un peu
chauve qui se donne une tournure artiste.

— C'est cela ; une manière de *raté*, comme disent
vos journaux. Bref, un garçon qui a voulu tout faire
et tout être : poète, peintre et conseiller municipal,
et qui a partout échoué. Il est drôle quelquefois,
mais il a le défaut de se répéter. Comme il fait des
vers et les dit, comme il joue un peu de piano et
connaît tous les jeux de société, c'est forcément un
garçon très recherché. Ajoute à cela qu'il ne tire
pas à conséquence et qu'on s'amuse avec lui et de
lui. Tel est le portrait d'Elzéar Chavin.

— Portrait peu flatté.

— Mais ressemblant. Mais voici où l'affaire prend
tournure. Elzéar s'est mis dans la tête de donner
une soirée lui aussi ; il a décidé le papa et la maman
Chavin à recevoir, au moins une fois cette année, la
bonne société de Chancenay. Mademoiselle Gendrin,
son père, et une petite cousine, sorte de toquée re-
muante et charmante, sont parmi les invités, ainsi
que mademoiselle Hautecœur et monsieur le docteur Férand. Comprends-tu maintenant ?

— Cela est fort clair.

— Je te présente aux Gendrin, tu fais la conversation avec le père pendant que je cause de mon
côté avec la fille et nous posons un premier jalon.

Huit jours après les Gendrin nous invitent ou bien
c'est que je me serai trompée.

— Et pour quand cette soirée ?

— Pour samedi, le jour du marché, de façon à
avoir du beurre plus frais et des gâteaux cuits du
matin.

— Et pensez-vous, marraine, qu'une redingote
soit suffisante ?

— Avec un foulard blanc noué négligemment en
guise de cravate, il n'y a rien de tel pour un médecin. Inutile de te tourmenter pour des gants, le notaire n'en met jamais.

— Je vous servirai de cavalier, marraine.

— Et nous irons à la conquête de mademoiselle
Gendrin...

— Et de son père.

— Et de son père. Ce serait une situation cela
mon garçon. M. Gendrin est un ancien entrepreneur de travaux publics; c'est lui qui a construit le
pont du Lizeron, le palais de justice de Bossignies
et huit ou dix mairies des environs. Il passe pour
être dans une belle situation et, dans un pays où il
n'y a pas de grandes fortunes, on dit que c'est un
richard. Il aurait dix mille livres de rentes que ce
serait un grand seigneur. Je crois qu'il flotte entre
sept et huit.

— Et vous croyez qu'il donnera sa fille à un médecin de campagne ?

— Mais, mon gros, le médecin de campagne c'est
déjà quelqu'un. Et puis, il faut bien que tu le saches,

le père Gendrin ne peut pas beaucoup choisir : il y a des choses qui lui font du tort ici.

— Ah ! ah !

— On connaît son histoire malheureusement : la femme est partie il y a une vingtaine d'années, six mois après la naissance de la fille. On dit qu'elle se conduisait mal et que Gendrin est allé à Paris tuer l'amant. Bref, la femme a disparu et la fille a été élevée par le père qui l'idolâtre. Ce sont de braves gens que les enrichis des environs tiennent à distance. C'est absurde, mais que veux-tu ? on ne dégrossit pas aisément les gens de campagne.

— Oh ! mais alors, il s'agit là d'un trésor que le père ne se laissera pas enlever facilement.

— Tu n'enlèves pas le trésor, puisque par ta situation tu es obligé de rester dans le pays.

— Eh bien, marraine, je suis prêt. Néanmoins une chose me chiffonne : vous qui donnez ainsi tête baissée dans mon mariage et allez déployer toutes les ressources de votre imagination que je sais féconde, vous devriez bien faire en sorte que je puisse tomber amoureux de celle qui, selon vous, deviendra ma femme.

— Me prends-tu pour une vieille fée ?

— Non, mais pour une bonne fée.

— Mon ami, il faudra te passer de moi pour cela... ainsi que pour le reste. Allons, c'est bien entendu, à samedi soir, chez les Chavin.

V

Les propriétaires de Marcel possédaient, outre la maison louée en partie dans la grand'rue, une propriété dite maison bourgeoise qui était *sise*, comme disent les papiers de notaires, boulevard du Lizeron, dans le quartier aristocratique de Chancenay.

C'est dans cette habitation qu'avait lieu la *fameuse* soirée du samedi, jour du marché, pour avoir du beurre plus frais, comme avait observé non méchamment, ainsi qu'on pourrait le croire, l'excellente mademoiselle Hautecœur.

Elzéar, qui avait la haute main dans la maison, par cette triple raison qu'il était fils unique, vieux garçon et artiste, avait passé la journée entière à transformer la maisonnette et à lui donner un cachet parisien qui lui manquait absolument.

Vers sept heures et demie, Elzéar se permit de s'adresser un petit sourire de contentement et, tout en donnant la dernière main à sa toilette, il parcourut à nouveau la liste des invités : toute la société de Chancenay, des fonctionnaires et des rentiers, quelques jeunes gens, des artistes du cru, disant la chansonnette comique ou chantant moelleusement la romance. En tout, trente-trois personnes.

A huit heures, maman Chavin remonta les lampes pendant que son mari et son fils, armés d'une queue-de-rat, allumaient les bougies et fermaient les grands rideaux.

Le père Chavin commençait des phrases sur le *siècle de lumière si favorable au progrès et à la diffusion de la pensée* lorsque Elzéar signala l'arrivée d'un de ses amis, le receveur des contributions indirectes, autrement dit le *rat-de-cave* de Chancenay.

Ce garçon faisait partie du *Tout-Chancenay* en sa qualité de chanteur de salon ; comme ces derniers étaient rares, il avait fallu descendre jusqu'au receveur des contributions indirectes. Mais descendre n'était pas déroger, car le rat-de-cave avait habité Paris pendant deux ans et possédait un certain cachet. Avec du *cachet* on était classé à Chancenay.

Vers huit heures et demie, on vit arriver le principal clerc du notaire, puis le maréchal des logis de gendarmerie et ses deux filles ; un conseiller municipal, homme de lettres, auteur d'une monographie de Chancenay ; le pharmacien, spirituel bossu qui faisait des mots sur la cholérine de monsieur le curé

et les troubles gastriques de la dame du receveur de
l'enregistrement. A huit heures trois quarts, la
vieille bonne annonça : madame et monsieur le
maire ; puis on vit défiler successivement le notaire,
la notairesse et leur demoiselle, Mlle Cécile Hautecœur et M. le docteur Férand, deux couples de rentiers, un marguillier, deux vieilles filles et trois ou
quatre jeunes gens. A neuf heures seulement
Mlle Gendrin et son père firent leur entrée, suivis de
la petite cousine dont la marraine Hautecœur avait
parlé.

Mlle Gendrin avait une réputation de beauté
non contestée et elle passait pour porter supérieu-
rement la toilette ; aussi tous les regards se dirigè-
rent-ils vers elle à son entrée dans le salon des Chavin.

Elle était ravissante, en effet. Grande, blonde,
d'un blond fauve qui cadrait à souhait avec la blan-
cheur du teint et donnait aux yeux ombragés de
longs cils châtains une vigueur extraordinaire. Avec
cela le regard froid, hautain, et sur les lèvres
quelque chose de dédaigneux qui suffisait à éloigner
les amateurs de madrigaux. Remarquablement
moulée dans une robe de foulard crème rehaussé de
bandes grenat, elle avait au suprême degré ce que
les naturels de Chancenay appelaient du cachet.

— Très distinguée, pensa Marcel Férand.

— Eh bien ? demanda la marraine Hautecœur.

— Il me semble, répondit Marcel presque bas,
que je plaindrais l'homme qui tomberait amoureux
de cette jolie fille.

Mlle Hautecœur regarda son fillo de travers.

— Au moins, lui dit-elle, ne viens pas plus tard me reprocher d'avoir poussé à la roue.

— Mais non, car si j'épouse, j'épouserai sans être amoureux, voilà tout.

Maman Chavin, brave femme à qui Mlle Hautecœur avait fait des confidences, présenta le docteur Férand à M. Gendrin et à sa fille, et tout de suite Gendrin accapara Marcel en un coin du salon.

— Voilà des soirées qui ne vous feront pas oublier celles de Paris, docteur.

— Mon Dieu, monsieur, je vous étonnerai beaucoup sans doute en vous confiant que c'est la première soirée à laquelle il m'est donné d'assister.

— Ah bah ! fit M. Gendrin.

— A Paris, je n'ai connu le monde que par un seul côté...

— Lequel?

— Le côté *misère*.

Les conversations bruissaient ; on parlait haut et de tout à bâtons rompus et sans beaucoup d'étiquette.

Dans la salle de billard, on entendait par instants quelques coups de queue et le choc des billes; dans la salle à manger, l'une des tables d'écarté était occupée.

Du côté des dames, il y avait quelques légers potins qui circulaient.

Auprès du piano, sur le clavier duquel des mains animées des meilleures intentions mais pesantes préludaient honnêtement, une demi-douzaine de jeunes filles et le même nombre de jeunes gens. La

grosse affaire résidait dans un énorme point d'inter-
rogation posé par la plus turbulente des filles d Ève,
Mlle Marguerite, la cousine de Mlle Gendrin.

— Dansera-t-on ou ne dansera-t-on pas?

— Il faut demander ça à Elzéar.

— Bat le rappel... Elzéar! Bat le rappel...
Elzéar!

Elzéar, qui était au billard en train d'enseigner
un coup par la bande au plus jeune des fils du maire,
entendit bientôt le rappel que l'on battait dans le salon et accourut.

— On dansera, prononça Elzéar.

— Bravo pour Elzéar! crièrent une douzaine de
voix, au grand ébahissement de toute l'assistance.

— On dansera, reprit Chavin fils, mais seulement
après le concert. Il y a huit morceaux au pro-
gramme : une ouverture pour piano et flûte, trois
romances, un solo de violon, une pièce de vers inédite et deux chansonnettes comiques. Vous allez
m'aider à disposer les chaises en cercle devant le
piano.

Depuis une demi-heure Marcel Férand et M. Gendrin étaient installés à une table d'écarté. On
jouait vingt-cinq centimes la fiche et Marcel perdait
correctement.

— Enfin, docteur, vous vous plaisez dans notre
pays?

— Je commence à croire que je n'aurais pu choisir
mieux.

— C'est fort aimable pour Chancenay. Je demande
des cartes.

— N'ai-je point d'ailleurs à me louer de l'accueil qui m'est fait partout ? J'en donne ; combien ?

— Trois, je jette un roi. Il faudra venir nous voir, docteur. Nous vivons un peu en sauvages, j'aurai du plaisir à me retremper auprès de vous. Tiens, la drôle d'idée que vous avez de porter une alliance, n'étant pas marié. Car vous n'avez jamais été marié, n'est-ce pas ?

— En effet, répondit Marcel qui avait mis ce soir-là, par coquetterie, la bague de l'inconnue de l'Hôtel-Dieu, je n'ai jamais été marié. Aussi n'est-ce qu'un simple souvenir...

— Des fredaines passées ?

— Non ; souvenir d'une mourante à l'interne de service. C'est un bijou sans valeur que j'ai gardé par superstition, comme si le médecin pouvait encore être superstitieux.

— Et la personne qui le donnait... inconnue ?

— Inconnue.

— Alors je comprends, vous l'avez ce soir comme fétiche. Avouez que le fétiche ne vous réussit guère. J'ai quatre atouts et une dame.

— En trèfle ?

— Non, en pique ; elle est bonne ; j'en marque trois. Allons, docteur, ne croyez plus aux fétiches ; au moins celui-ci dit-il quelque chose ?

— Mais oui, regardez : il dit *Oui* et est signé des initiales *A. J.*

En une seconde, Gendrin devint cramoisi. Il prit la main de Marcel, la serra violemment, bégaya quelques paroles inintelligibles, puis se rejeta en arrière sur le dossier de sa chaise.

Marcel fut assez fort pour le maintenir quelques instants; mais craignant une attaque d'apoplexie, il réclama l'assistance de deux voisins et, le plus discrètement possible, on transporta Gendrin dans la cuisine où Marcel se mit en devoir de le desserrer et de lui faire respirer du vinaigre.

— Une saignée est nécessaire? demanda Chavin.

— Nécessaire immédiatement, répondit Marcel. Donnez une cuvette et des linges.

A ce moment, Mlle Gendrin entra précipitamment dans la chambre. La jeune fille paraissait en proie à une exaltation violente. Elle se jeta sur son père en criant :

— Laissez-le, laissez-le! Je ne veux pas qu'on le touche, entendez-vous? Ce n'est rien, une crise d'étouffement; il en a déjà eu plusieurs...

— Mademoiselle... objecta Marcel.

— Nous n'avons pas besoin de vous, continua la jeune fille en élevant encore le ton; mon père n'est pas en danger, il a déjà eu cela... ce ne sera rien... je ne veux pas qu'on le touche !

Et, droite au pied du lit, elle regardait Marcel avec colère.

— Comme dans vos hôpitaux, reprit-elle, toujours plus violente et agitée d'un tremblement nerveux qui la secouait et la faisait bégayer, que pensez-vous donc faire?

— Mon devoir, répondit simplement Marcel. Messieurs, ajouta-t-il en se tournant vers les trois ou

quatre invités qui se trouvaient là, j'affirme qu'il y
va de la vie de cet homme; aidez-moi.

Alors maman Chavin, qui était montée, s'approcha de la jeune fille, et l'on parvint à lui faire entendre raison. Rapidement Marcel découvrit le bras
et ouvrit la veine, activant l'écoulement du sang par
des flexions du coude et étudiant les premiers symp-
tômes d'asphyxie qui disparaissaient peu à peu. Au
bout de quelques instants, la respiration se fit entendre, d'abord lente et embarrassée, puis régu-
lière. Le père Gendrin ouvrit les yeux.

— Il est sauvé, dit Marcel.

— Alice... Alice... prononça le malade.

Mlle Alice Gendrin se précipita au cou de son
père après avoir jeté à Marcel un regard étrange
dans lequel se lisait un glacial remerciement pour
ce que venait de faire le jeune médecin, et un reste
de bravade insolente, dernière fumée d'une colère
pour tous inexplicable.

Gendrin tint sa fille embrassée pendant quelques
instants sans rien dire; mais on voyait qu'il faisait
des efforts pour se souvenir.

— Laissons-les maintenant, dit le père Chavin; il
a besoin de repos.

Gendrin remua la tête et dit :

— Restez, docteur.

Pendant ce temps, Elzéar faisait tous ses efforts
pour que l'absence de quatre ou cinq invités ne fût
pas remarquée.

Déjà les chuchotements circulaient, on se racontait diverses choses : que Gendrin avait une ma-

ladie de cœur, qu'il avait été pris d'indigestion,
qu'il était trop sanguin, que ça lui jouerait un vi-
lain tour ; enfin une chose formidable : qu'il venait
d'apprendre le retour de sa femme. Ce potin-là venait
en ligne directe de la dame du percepteur, une méchante langue qui n'avait jamais pardonné à Gendrin
la beauté de sa fille.

Tout à coup les époux Chavin, le pharmacien et
trois de ces messieurs rentrèrent dans le salon. On
s'était concerté là-haut ; il ne fallait pas troubler la
soirée : on dirait simplement que Gendrin avait été
pris d'un étourdissement et qu'une petite heure lui
suffirait pour se reposer ; un peu plus tard on dirait
qu'il s'était retiré chez lui.

Elzéar avait fait une annonce, en style de théâtre ;
il avait ajouté que le malade était installé dans une
chambre du fond, donnant sur le jardin, du côté de
la campagne, et que la musique ne pourrait le dé-
ranger. D'ailleurs, Mlle Alice Gendrin promettait de
descendre dans quelques minutes.

Elzéar sauvait la situation.

La vérité était que c'était bien plutôt Gendrin qui
la sauvait.

Demeuré seul avec sa fille et le docteur, il avait
eu un bon sourire à l'adresse de ce dernier.

— Eh bien ! il paraît que sans vous, ça y était...

— Oh ! oh ! dit Marcel sans regarder la jeune fille,
vous n'en étiez pas là.

— Vous êtes charmant de me cacher la vérité ; ce
n'est pas la première fois que cela me prend et un
de ces jours il faudra...

— Père... Père...! dit doucement Mlle Gendrin.

— Ma fille, il faut remercier le docteur; c'est bien grâce à lui que je suis encore là. Tiens, devines-tu ce que je disais ce soir à monsieur Férand, quelques minutes avant mon coup de sang? Je lui disais: « Docteur, il faudra venir nous voir, passer la soirée avec nous, en famille; vous vivez seul et nous ne voyons personne; vous nous tiendrez compagnie de temps en temps, quelques parties d'écarté le soir... » Voilà ce que je disais ou voulais dire... mais il faut aussi, petite, que cela te plaise...

— Je ne sors presque jamais, se hâta de dire Marcel.

— Sans doute ferez-vous une exception en notre faveur, dit froidement Mlle Gendrin, puisque vous savez, monsieur, que cela fera plaisir à mon père.

Marcel s'inclina.

— Maintenant, ajouta Gendrin, je me sens un peu mieux; vous allez pouvoir me laisser reposer. Vous n'y voyez pas d'inconvénient, docteur?

— Nullement. D'ailleurs on cherche en ce moment une voiture et dans une heure vous pourrez rentrer chez vous.

— Vous croyez que je n'aurai pas la force...

— Dans quelques jours nous verrons.

— Allons, je ferai comme vous voudrez. Toi, ma fille, je désire que tu ailles retrouver les invités... pour me plaire, tu m'entends? Monsieur Férand voudra bien te servir de cavalier.

Et Gendrin embrassa longuement la jeune fille sur le front, en ajoutant :

— Va t'amuser... une heure... seulement, et de ma faute...

Au bas de l'escalier, au moment où la porte donnant sur le salon s'ouvrait pour les laisser passer, Marcel dit à Mlle Alice Gendrin :

— Puis-je vous offrir mon bras?

— Cela est inutile, répondit-elle assez haut pour être entendue ; je ne donne le bras qu'à mon père.

Dans le même temps Elzéar attaquait sa pièce de vers inédite qui commençait par :

L'amour, un beau matin, entra par la fenêtre...

VI

A minuit moins un quart Marcel avait accompagné
la marraine Hautecœur, laquelle était vivement dé-
sappointée et maugréait tout le long du chemin contre les gens sanguins.

— Mais enfin, comment cela lui est-il arrivé?

— Tout simplement en regardant une bague.

— Une bague ?

— Celle que vous connaissez.

Et Marcel recommença l'histoire de la mourante
de l'Hôtel-Dieu.

— Mais c'est du roman tout ça, dit la vieille demoiselle.

— Peut-être même du roman historique; ne m'a-
vez-vous pas raconté une affaire d'adultère terminée
par la mort de l'amant et la fuite de l'épouse?

— Tout s'explique : c'était sa femme. Eh bien !
mon garçon, tout n'est pas perdu, M. Gendrin te sera
reconnaissant de lui avoir appris cette bonne nouvelle.

— Il m'a déjà invité à l'aller voir.

— Que disais-je ? Et puisque tu plais déjà au père...

— Il ne reste plus qu'à faire la conquête de la
fille. Ce sera plus difficile, par exemple.

Ils étaient arrivés devant le bureau des postes.
Marcel souhaita le bonsoir à sa marraine et retourna
chez lui.

La Désirée ne l'avait pas attendu ; sachant qu'il
devait rentrer tard elle s'était mise au lit.

En passant près de la porte du petit cabinet qui
servait de chambre à sa bonne, Marcel aperçut une
ligne de lumière qui filtrait le long de la muraille
et crut entendre quelques plaintes entrecoupées de
longs soupirs. Il prêta l'oreille ; plaintes et soupirs
venaient bien de la chambre. La Désirée était peut-
être malade.

— Vous êtes souffrante ? demanda Marcel.

Puis, ne recevant pas de réponse :

— Puis-je entrer ?

La Désirée ne répondait pas. Marcel poussa la
porte et entra.

La grande brune était étendue, le visage en feu,
les poings légèrement crispés. Le lit était en désordre.

— Vous êtes souffrante ? répéta le jeune docteur.

La Désirée fit signe que oui. Alors il lui prit la
main et tâta le pouls ; il y avait un peu de fièvre,

mais rien d'inquiétant. Sans doute une indisposition passagère.

— Vous n'aviez rien ce soir ?

— Cela m'a prise aussitôt après que vous avez été parti.

— Et vous ressentez ?...

— Comme une brûlure dans la poitrine, avec des tortillements dans tous les membres.

— Recouvrez-vous un peu et laissez-moi faire ; je vais aller chercher un cordial.

La recommandation que faisait Marcel à la Désirée n'était pas inutile. Au milieu d'une crise de nerfs, la grande brune avait dû gesticuler furieusement ; les draps et la couverture étaient roulés au pied du lit ; l'oreiller et le traversin débordaient, touchant presque le tapis, et les vêtements épars étaient tombés d'une chaise à terre. Dans ce désordre qui eût pu faire croire presque à une lutte, si la crise soupçonnée par Marcel n'eût tout expliqué, la Désirée était couchée, les cheveux défaits, inondant son visage et formant sur le blanc du drap de larges taches noires ; la camisole de finette déboutonnée laissait voir le feston de la chemise et, par l'échancrure de celle-ci, une chair brune qui haletait.

— Je vais revenir, dit Marcel.

Et il descendit à la cuisine, prit de petites bûches goudronnées qu'il alluma au milieu d'une poignée de braise, puis, mit sur le feu une casserolée d'eau dans laquelle il s'apprêta à faire une infusion de camomille. Lorsque la tisane fut prête, il versa dedans la valeur d'une petite cuillerée de sirop de chloral et remonta en pensant :

— C'est la nuit qui veut ça. Après le sang, les nerfs. Allez donc en soirée.

La Désirée avait remonté un peu la couverture, mais la gorge et les bras restaient nus.

Quoiqu'il fût à cent lieues de chercher à faire des comparaisons, Marcel ne put s'empêcher de mettre en regard, dans son esprit, les charmes blonds de Mlle Alice Gendrin et les charmes bruns de la Désirée. Et, dans ce parallèle qui s'établissait presque inconsciemment, Marcel-Pâris était tout disposé à accorder la préférence à la blonde Alice, et cela en dépit de l'air hautain, de la mine dédaigneuse et surtout du glacial *Je ne donne le bras qu'à mon père*, de Mlle Gendrin.

— Tenez, buvez ceci, dit-il à la grande fille.

— Vous êtes bien bon pour moi, répondit-elle après avoir bu. Si vous saviez combien j'ai souffert tout à l'heure ! Je sentais cette brûlure là, dans le creux de l'estomac ; tenez, voulez-vous mettre votre oreille ?...

— Le chloral va calmer tout ça ; il faudra vous purger demain.

— Et dans les bras, ça me tordait à crier. Ah ! comme on est embarrassée quand on est seule. D'abord j'ai cru que ça ne serait rien, j'ai pris de la fleur d'oranger sur un bout de sucre et j'ai essayé de m'endormir ; mais rien n'y a fait. Il me venait toutes sortes d'images devant les yeux, des messieurs, des dames en toilettes de bal, de belles jeunes filles décolletées qui dansaient enlacées par de jeunes hommes; et tout cela tournait d'une façon désordonnée. Je me sentais emportée; j'ai tout bousculé sur mon lit en me débattant et vous me trouvez toute défaite. Qu'est-ce que vous devez penser de moi?

En disant ces derniers mots, elle essayait de ramener sur sa gorge la camisole froissée et d'en descendre les manches sur ses bras nus. Mais elle faisait cela lentement, ne trouvant pas les cordons, cherchant les boutonnières et se découvrant d'un côté alors qu'elle paraissait faire des efforts pour se recouvrir de l'autre.

Marcel la regardait faire, un peu surpris de la tirade qu'elle venait de débiter avec volubilité.

— Oui, continua-t-elle en s'animant, en me sentant malade et en me voyant toute seule ici, j'ai pris peur; si vous aviez été là encore... mais vous deviez rentrer tard, vous étiez en société, vous ne pensiez pas que je pouvais être indisposée. Enfin, je vais aller mieux; vous m'avez donné quelque chose qui va me faire du bien, et puis, maintenant que vous êtes rentré, je puis bien être malade : j'aurai quelqu'un près de moi pour me soigner.

Au milieu de cette animation, causée sans doute par la fièvre, la camisole était repartie de plus belle, et les yeux de la grande brune, derrière leur double haie de cils noirs, brillaient comme deux escarboucles.

Tout à coup la Désirée fondit en larmes, avec de gros sanglots qui la suffoquaient et lui soulevaient violemment la poitrine.

— Qu'avez-vous? dit Marcel en lui prenant les mains.

— J'ai... j'ai... j'ai...

Puis, après l'avoir regardé en face un instant :

— Oh! rien, répondit-elle.

Et elle tourna la tête du côté de la ruelle.

Marcel demeura encore quelques minutes, puis, estimant que la crise nerveuse devait être terminée, il rentra dans sa chambre pour se coucher.

Deux heures sonnaient à la vieille église de Chancenay.

Tout en se déshabillant, le jeune docteur essaya d'analyser les troubles qu'il venait d'observer.

— Crise de jalousie, pensa-t-il après réflexion. Que serait-ce donc si la Désirée était ma maîtresse?

Et, n'entendant plus aucun bruit, il ferma les yeux.

Le lendemain, la grande fille allait mieux; elle ne ressentait plus, disait-elle, qu'un peu de courbature. Une bonne nuit à passer par-dessus la secousse de la veille, et il n'y paraîtrait plus du tout.

Ceci arrivant après cela, la crise de jalousie après l'accueil favorable fait au jeune docteur par M. Gendrin, il devait en résulter un peu de contrariété pour Marcel. Aussi ce dernier voulut-il consulter la vieille marraine.

— Que te disais-je? fit celle-ci après avoir écouté les confidences de son fillo. Il t'a fallu voir comme saint Thomas ; maintenant tu as vu, tu es fixé.

— Mais cette fille est capable de se mettre en travers d'un mariage quelconque.

— Cela est bien possible.

— Et qu'y faire?

— Dame, tu me demandes cela... à présent.

— Mais il semblerait, à vous entendre, que j'eusse quelque chose à me reprocher.

— Pourquoi crains-tu donc alors de voir la Désirée se jeter en travers d'un mariage quelconque? Ce sont tes propres expressions. S'il n'y a rien entre elle et toi, ses crises de nerfs doivent te laisser parfaitement indifférent.

— Marraine, j'aurai beaucoup de mal à vous convaincre, je le sais. C'est au point que si, dans deux mois, la Désirée déclarait être enceinte de mes œuvres, ce qu'elle dirait serait pour vous parole d'évangile, et vous n'accorderiez aucune créance à mes dénégations. Cela ne serait pas flatteur, mais j'avoue que les apparences seraient contre moi.

— Ab-so-lu-ment, prononça gravement Mlle Hautecœur.

— Ce qui prouve une fois de plus qu'il ne faut pas toujours se fier aux apparences. Mais le fond de l'affaire est ailleurs : en me donnant la Désirée, vous m'avez dit que c'était une brave et honnête fille ; or cette brave et honnête fille ne pourra pas faire que mon mariage avec Mlle Gendrin ne s'accomplisse pas...

— S'il doit s'accomplir.

— S'il doit s'accomplir. N'avez-vous pas dit également que rien n'était perdu, au contraire ?

— Je l'ai dit.

— Donc, si vous ne m'abandonnez pas, ce mariage se fera.

— Oh! oh! que d'assurance! L'autre soir encore tu voyais la chose impossible.

— Et c'est votre tour aujourd'hui peut-être! les rôles sont changés.

— Mais non, pas autant que tu le crois. Seulement tu commences à t'emballer comme un jeune cheval, et moi je conserve mon calme, ainsi que cela se doit à mon âge. Hier tu raisonnais mariage on ne peut plus froidement, et aujourd'hui tu es plein de feu sur le même sujet. Que veux-tu, en ce moment je ne te reconnais plus, je t'examine, je cherche le pourquoi de cette métamorphose, de ce passage brusque du froid au chaud. Entre temps, tu me parles de la Désirée, et je suis bien obligée de me rappeler qu'il y a un mois à peine cette fille te suffisait parfaitement, alors qu'aujourd'hui elle semble t'embarrasser. Si tu ne veux pas m'en voir tirer une conclusion, c'est que tu es brouillé avec la logique ou bien que tu es devenu amoureux...

— C'est possible.

— Amoureux de Mlle Gendrin?

— Quand cela serait?

— Allons donc; j'aime mieux cela.

— Eh bien! non pas seulement amoureux dans le sens vulgaire du mot. Je l'aime, entendez-vous? je l'aime!..

— Pauvre docteur, qui va être obligé de se soigner!

VII

Marcel Férand était bien réellement pris et plus sérieusement encore qu'il ne le croyait.

Cela n'était pas venu tout d'un coup, à la suite d'un choc électrique. Non, aucune étincelle, ainsi qu'il en existe dans les romans à la mode, n'avait produit ce beau résultat. Cela était simplement logique. La vieille demoiselle Hautecœur ne l'avait-elle pas prédit et espéré ?

Avec ce bel amour en tête, le jeune docteur était transfiguré. Pourquoi diable, maintenant, ce mariage, si ardemment désiré par la bonne marraine, ne se ferait-il pas ? Passant du rôle passif au rôle actif, Marcel pouvait espérer plaire enfin à Mlle Gendrin, car, pour infatué qu'il pût être des succès obtenus auprès de la Désirée, il lui était interdit de

supposer jamais un pareil coup de passion chez la
blonde et dédaigneuse fille qu'il adorait de loin à
cette heure.

Marcel ressassait toutes ces choses au cours de
ses visites, alors qu'il arpentait les chemins creux
pour atteindre quelque hameau éloigné où l'attendait un malade tremblant de fièvre ou une femme
en couches. Il pensait a ses malades juste assez
pour ne pas oublier ce qu'il appelait le devoir, mais
il songeait bien plus encore à celle dont il avait sans
cesse l'image devant les yeux et, soit à pied, soit au
fond du cabriolet de louage dans lequel il faisait
fréquemment ses tournées et qu'un bon vieux cheval blanc conduisait sans broncher, il rêvait de la
belle jeune fille, et, doucement, se grisait d'amour
sans oser entrevoir le moment du bonheur. Il passait ainsi par les phases les plus diverses : tantôt
plein d'espoir dans l'issue des négociations que la
marraine Hautecœur allait entamer, tantôt pris de
découragement et voyant impossible ce rêve fait
pour la première fois au pied du lit de la Désirée,
alors que la grande brune avait mis tout en œuvre
pour le tenter. En effet, lorsqu'il cherchait bien, il
s'apercevait que c'était de ce jour ou plutôt de
cette nuit-là qu'il était devenu amoureux. La Désirée n'aurait jamais pu imaginer cela.

Et dire qu'avec un peu moins de retenue, de rigo-
risme, une autre idée de la vie, un but différent, des
aspirations moins nobles, il risquait de s'échouer
entre les bras nerveux de la grande fille. Tout cela
avait tenu à fort peu de chose ; pourtant, au sortir

de la soirée chez les Chavin, il avait sufli de l'image
charmeresse de Mlle Alice Gendrin venant s'interposer entre la Désirée et lui pour éteindre quelques
désirs naissants, produit d'un émoustillement de
plusieurs semaines.

Maintenant, il ne restait plus qu'un amour vieux
à peine de quelques jours mais déjà grand et fort.
Un amour qui tenait Marcel éveillé la nuit et lui fermait les yeux le jour.

Quinze jours s'étaient écoulés depuis la fameuse
soirée, lorsqu'un matin, vers les dix heures, Gendrin
s'en vint frapper à la porte du docteur. Le vieux
monsieur venait remercier Marcel pour les soins
donnés. Ce dernier fut agréablement surpris.

— C'est bien le moins, dit Gendrin, que l'on
vienne apporter des remerciements à l'homme qui
a su vous tirer d'un mauvais pas. Oserai-je maintenant parler d'honoraires?

— Non, nous ne parlerons pas d'honoraires pour
cette fois.

— Soit, je suis votre obligé et je deviens votre
client. En cette qualité, je vous prierai de vouloir
bien me faire la visite du médecin tous les lundis ;
ce ne sera pas une sinécure: il y a bien toujours à
la maison quelques rhumes, douleurs de tête, maux
de gorge ou palpitations. Ces visites faites, vous
n'oublierez pas que vous nous avez promis de venir
nous voir en voisin ; rappelez-vous alors que nous
aurons également du plaisir à recevoir votre marraine, Mlle Hautecœur. Vous avez pu le remarquer
déjà, les relations sont rares dans nos pays, j'en-

tends les relations de quelque valeur, et j'estime que
votre connaissance est pour moi une bonne fortune.

— Hardi ! pensa Marcel ; tout à l'heure il va m'offrir sa fille en mariage.

Puis tout haut :

— Mais alors nous devrons changer de rôle, car
c'est moi qui vous aurai de l'obligation à ce compte.

— Eh bien ! c'est une affaire entendue ; et maintenant, quand vous aurez quelque remède préventif
contre les coups de sang, pensez à moi.

— En tout premier lieu, répondit Marcel, à qui
l'affaire de la bague revenait en mémoire, il vous
faudrait éviter les émotions vives.

Gendrin demeura un instant sans répondre,
essayant de lire dans le regard du jeune docteur.

— Ah ! les émotions vives?... au fait, c'est très
juste.

— Ainsi, continua Marcel du ton le plus naturel,
j'attribue l'accident de l'autre jour à une... impression de cette nature.

— Vous croyez? interrogea Gendrin ; et en disant
cela son visage s'empourpra brusquement.

— J'en suis sûr. Vous vous rappelez cette bague...

M. Gendrin ne répondait plus que de la tête.

— ... Eh bien! cette bague, avec son mot caba-
listique, vous aura remis en mémoire quelque évé
nement saillant...

En cet endroit Marcel s'arrêta brusquement,
devinant un malentendu : M. Gendrin croyait peut-
être que lui, Marcel, n'avait rien vu, rien soupçonné,
l'autre soir.

— Alors, vous savez? demanda Gendrin en bal-
butiant.

— Je ne sais rien, répondit simplement Marcel.

— Si, vous savez quelque chose... mais pas tout...
A quoi bon le cacherais-je? cela peut servir de le-
çon, tenez... et puis, cela me soulagera.

— Monsieur, dit Marcel, je ne suis que le médecin du corps et je ne pourrais vous consoler. Songez
d'ailleurs que votre secret ne vous appartient peut-
être pas à vous tout seul.

— Ma fille ne sait rien.

— Encore une fois, monsieur...

— Non, laissez-moi parler. Qui sait s'il n'est pas
bon que vous sachiez maintenant toutes ces choses?...

— Soit, vous être libre.

— D'abord, commença Gendrin, voulez-vous me
dire, si vous vous le rappelez toutefois, l'âge de celle
qui vous remit autrefois la bague en question?

— Environ la quarantaine.

— Et cela se passait?

— Il y a six ans.

— C'est bien cela : elle aurait aujourd'hui cin-
quante-deux ans. Et pourriez-vous la dépeindre?

— Certainement. Elle était de taille moyenne,
blonde, d'un blond fauve argenté, car les cheveux
blancs étaient déjà nombreux ; elle avait le regard
expressif, les sourcils fortement arqués et la lèvre
inférieure légèrement abattue, comme dédaigneuse...

En parlant, Marcel s'apercevait qu'il faisait
presque le portrait de celle qu'il aimait.

— Maintenant le doute ne serait plus possible,
dit Gendrin, c'est bien elle ; et morte, seule, à l'Hôtel-Dieu !...

Puis, prenant les mains de Marcel :

— Cette femme avait été Mme Gendrin. La bague
était son anneau de mariage. Voilà vingt ans que je
veux oublier, et toujours quelque chose vient me
crier : « Souviens-toi. »

Gendrin but une gorgée.

— J'ai fait, dit-il, un mariage d'amour. J'étais
déjà vieux alors ; mais, je vous l'ai dit, les commencements avaient été pour moi si difficiles que ce
n'était qu'assez tard qu'il m'avait été possible de
prendre charge d'âmes. Pour mon malheur, j'épou-
sai une femme qui n'avait pour elle que sa seule
beauté ; les qualités du cœur étaient nulles, l'éduca-
tion fausse. Je fus long pourtant à m'apercevoir de
mon erreur ; j'étais si étroitement pris, si furieusement amoureux que je demeurais aveugle et sourd.
Avant d'avoir bien compris quels malheurs pouvaient
m'atteindre, j'avais été plus d'une fois obligé de
pardonner. Un enfant nous naquit, Alice ; je me
mis à espérer un recommencement, une nouvelle
vie, et je résolus d'oublier d'anciennes erreurs que
je n'avais pas le courage d'appeler des crimes. Je
me trompais cruellement. Tout cela, voyez-vous, eût
été pitoyablement vulgaire si je n'eusse été aussi
plein de mon amour : je devenais le mari trompé
dont on se moque aisément dans nos petites villes ;
le scandale grossissait autour de moi ; j'étais la risée
de mes voisins, celle de l'amant, et je m'obstinais à

ne rien voir, à ne rien entendre. Un jour, cette
créature méprisable, à laquelle j'avais donné mon
nom d'honnête homme, partait avec son complice
et partait en me volant. Par bonheur elle me laissait
ma fille.

Plusieurs mois se passèrent pendant lesquels je
vécus honteux, inquiet et sans but. Il me semblait
que tout était fini pour moi. C'était un effondre-
ment de mon bonheur et, au milieu de cet effon-
drement, j'avais le dégoût du passé, la terreur de
l'avenir. Mais, je l'ai dit, il me restait ma fille que
j'avais pris soin de cacher pour la soustraire à un
retour possible de la mère indigne, et elle seule,
désormais, m'attachait à la vie. Cet amour, que
follement j'avais prodigué à l'épouse, se transforma
en un amour paternel singulièrement intense. Il
faut être père et mari malheureux et trahi pour
soupçonner les trésors de tendresse que l'on peut
reporter ainsi sur son enfant. Peut-être, pourtant,
comprendrez-vous tout cela. De ma fille, j'ai fait
mon dieu, et ce sentiment paternel que j'essayais
de vous peindre tout à l'heure est devenu de l'ado-
ration. Alice est ma vie comme elle est mon sang.

Gendrin s'arrêta quelques instants. Marcel, gêné
et doucement ému, ne voulut pas troubler ce silence.

— Un soir, reprit M. Gendrin, revenant assez tard
d'une longue tournée d'inspection, il s'agissait de
travaux exécutés à une dizaine de lieues de chez
moi, je trouvai la misérable rentrée dans cette maison qu'elle avait abandonnée, et déjà couchée dans

mon lit. Elle avait compté sur un nouveau pardon.
On était en novembre ; il faisait un froid glacial,
bise du nord qui soufflait en rase campagne et secouait furieusement les girouettes à l'intérieur du
bourg. Je fis lever cette femme et, en dépit de ses
supplications et de ses promesses, malgré l'éclat de
ses charmes et la grâce de ses séductions, je lui
montrai la porte et la poussai dehors, demi-nue et
grelottante...

Puis, tout à coup :

— De quoi est-elle morte ? demanda Gendrin.

— D'une phtisie galopante.

— C'est moi qui l'aurai tuée... tuée ainsi que j'ai
tué l'amant à Paris, d'un coup de revolver. Trahi,
volé, insulté, je n'en pouvais plus. Il y a quinze ans
de cela ; on en a parlé pendant un mois. Tel que
vous me voyez, j'ai dû passer aux assises où les
jurés m'ont acquitté. Mais c'est là une histoire banale, l'histoire de cent autres à qui l'on a pris
l'honneur et dont on a fait des assassins.

— Vous vous êtes fait justice, monsieur Gendrin,
et d'honnêtes gens comme vous ont ratifié l'exécu-
tion ; vous n'avez rien à vous reprocher.

— Qui sait si ma fille voudra me croire lorsqu'elle
saura...

— A quoi bon le lui dire ?

— Soit, mais ne me faudra-t-il pas la marier
bientôt ? Pensez-vous qu'un gendre ne me demandera pas quelques explications au sujet d'événements qu'on lui aura contés en quelques mots et qui
seront ainsi dénaturés ?

5

— Cet homme, quel qu'il soit, ne demandera rien de plus que vous ne voudrez lui dire s'il aime celle que vous consentirez à lui donner pour femme.

— Docteur, je vous ai dit mon roman d'amour; je suis presque tenté de souhaiter que l'amour ne soit pour rien dans le mariage que pourra faire mon Alice. Tenez, je redouterais l'homme qui viendrait me dire : « J'aime votre fille ! »

— Mais, dit Marcel un peu pâli, ce serait une profanation. Qu'y a-t-il de plus saint au monde que ce sentiment, surtout lorsqu'il est partagé ?

— Je serai prudent en agissant ainsi.

— Non, vous serez égoïste. Vous avez souffert d'une indigne trahison, mais devez-vous en accuser l'amour? Vous avez été malheureux, mais cela est commun a beaucoup sur cette terre et vous ne pouvez nier le bonheur. Le bonheur existe, il est partout, à côté des souffrances et des larmes, et c'est lui qui plus tard nous invite à pardonner à ceux qui nous ont fait du mal.

— Ainsi, vous auriez pardonné, vous?

— Je ne sais, mais quoi qu'il en soit, maintenant je pardonnerais à *sa* mémoire.

— Vous avez peut-être raison.

Puis, après un long silence :

— Et maintenant que vous connaissez mon secret, dit Gendrin en laissant glisser une larme entre ses cils, excusez une dernière faiblesse d'homme qui a ouvert bravement son cœur à un ami futur : ne voudriez-vous pas me donner la bague?...

Marcel alla prendre le bijou dans un coffret.

— Moi qui avais espéré qu'elle me porterait bon-heur, pensa-t-il.

Et il remit la bague à Gendrin qui disparut, ou-bliant presque de remercier.

VIII

— Si celui-là avait des velléités de se transformer
en prétendant, ce que je lui ai appris tout à l'heure
va le refroidir, pensa Gendrin en rentrant chez lui.

Et pendant ce temps, Marcel songeait à cette parole M. Gendrin :

— Je redouterais l'homme qui viendrait me dire :
« J'aime votre fille. »

Eh bien ! coûte que coûte, la vieille demoiselle
tenterait de prendre le taureau par les cornes ; elle
n'en était pas encore, Dieu merci, à tout abandonner, et plus les difficultés se faisaient serrées, plus
il convenait de déployer de diplomatie. Là-dessus la
directrice des postes de Chancenay avait une belle
confiance en elle-même.

Entre les heures de réception et d'expédition de

ses courriers, elle se creusait la tête pour trouver un
bon moyen d'intéresser Mlle Marguerite, l'étourdis-
sante cousine de Mlle Gendrin, et de la mettre dans
son jeu sans qu'elle pût s'en douter. Un vieux moyen
de comédie, aussi vieux, aussi usé que possible, ferait certainement l'affaire, puisqu'il était prouvé que
ceux-là étaient encore les meilleurs; et, en cherchant
bien, il s'en présentait un à l'esprit de la rusée marraine. N'avait-elle pas cru remarquer que la jeune
fille écoutait avec plus d'attention qu'il n'eût fallu
peut-être les discours pommadés du poétique Elzéar
Chavin? Sous ses réparties brusques, ses mots gro-
tesques, et dans chacun de ses faits et gestes presque toujours exubérants et fantasques, perçait le
secret désir de se faire remarquer du vieux garçon.
Elzéar en avait-il souci? Cela était peu probable. Ce
raté de chef-lieu de canton se contentait de poser
pour la galerie de Chancenay et accomplissait ses
coups à la sourdine au cours de voyages faits de
temps en temps à Paris. Cela lui changeait les idées
et le dispensait de songer à une liaison quelconque,
voire même à un lien sérieux.

Qui sait si Mlle Gendrin apprendrait sans un
peu de jalousie ou tout au moins de dépit deux
nouvelles que la marraine Hautecœur avait intérêt à
faire circuler : les projets d'Elzéar et ceux de Marcel,
mais ces projets habilement retournés ; Elzéar pré-
senté comme épris de Mlle Gendrin et Marcel de la
turbulente cousine? On verrait ensuite à quoi s'en
tenir.

Ce qui pouvait donner à tout cela un semblant

de vérité, c'est que M. Gendrin passait pour avoir
promis de doter la jeune fille, pauvre orpheline
qu'il avait autrefois recueillie, et que, d'un autre
côté, les Chavin avaient toujours caressé l'espoir
d'entrer dans la famille du vieil entrepreneur.

Donc la marche des opérations était simple : glisser doucement quelques mots à Elzéar et à la jeune
fille, suivre de près les événements et agir au moment opportun. Pour cela il était utile de commencer quelques visites à la famille Gendrin.

Elzéar, lui, avait parlé : trompé sur le but des
assiduités de Marcel, il avait félicité Marguerite et
lui avait demandé joyeusement :

— A quand le mariage?

Certes, la jeune fille était intérieurement flattée
qu'on pût la croire recherchée par le docteur Férand
mais il ne lui plaisait guère de voir Elzéar le prendre
aussi gaiement. Elle avait été piquée et concluait
maintenant de cette insouciance que ledit Elzéar
pourrait bien en vouloir à la blonde Alice et non à
une autre ; découverte désagréable à tous les points
de vue.

Eh! parbleu, s'il convenait ainsi au vieux garçon
de courir sus à la meilleure dot, la petite cousine ne
tarderait pas à voir d'assez bon œil les recherches
du jeune docteur. Cela apprendrait à Elzéar à faire
le malin. Quant à Alice qui ne soufflait mot — et
pour cause — il faudrait bien s'expliquer un jour ou
l'autre.

Et, comme l'avait prévu la marraine Hautecœur,
l'explication vint.

Un soir qu'il y avait réception chez M. Gendrin, Marguerite voulut savoir quelque chose.

— On dirait que nous n'aurons pas le docteur ce soir, dit tout à coup la maman Chavin.

Marguerite saisit l'occasion par les cheveux et dit de façon à être parfaitement entendue de sa cousine et d'Elzéar :

— Cette absence est fâcheuse.

— M. Férand a une conversation si intéressante, fit ironiquement Mlle Gendrin.

— Il est des silences qui sont éloquents, repartit Marguerite en s'adressant cette fois plus directement à sa cousine. D'ailleurs, s'il parle peu, il parle bien, et si sa voix n'a pas l'éclat de la trompette — en disant cela la jeune fille se tournait vers Elzéar — elle possède un certain charme.

— Voyez-vous cela ! fit Elzéar.

— Après cela chacun son goût, reprit la jeune fille ; il en est qui aiment les bruns avec des yeux très noirs, une barbiche très noire et une moustache encore plus noire, — c'était le portrait d'Elzéar ; — moi je trouve que le blond un peu doré, avec des yeux bleus et une peau bien blanche, n'est pas à dédaigner. Qu'en dis-tu, Alice?

— Je dis que tu bavardes comme une pie. Si M. Férand te plaît autant que cela, il faut te marier avec lui.

— Eh! mais, dit Elzéar, je crois bien qu'on y a déjà songé.

— Vous savez, Elzéar, répondit la jeune fille, mêlez-vous de ce qui vous regarde. Voilà cinq fois que vous jouez *le Géant* ; recommencez-le une sixième et laissez-nous tranquilles.

— On dirait que tn es piquée, observa Alice.

— Pourquoi le serais-je ?

Puis, après un moment :

— Après cela, si tu veux continuer la conversation avec le brillant Elzéar, tu es libre, il ne faut pas que je vous gêne...

— Tu en veux à Elzéar.

— Par exemple. Je dirai même comme toi tout à l'heure : « Si M. Elzéar te plaît autant que cela, il faut te marier avec lui. »

— Tu es méchante ce soir ; sans doute l'absence du docteur...

— Quand cela serait...

— Pourquoi veux-tu que M. Férand songe à toi ? fit Mlle Gendrin avec un imperceptible mouvement d'humeur.

— Et pourquoi donc songerait-il moins à moi qu'à d'autres ? répondit Marguerite en soulignant ces derniers mots.

— Mais M. Férand, en tant que garçon sérieux et réfléchi, préférera sans nul doute une personne calme...

— Moins évaporée que votre cousine, n'est-il pas vrai ?

— Tout justement.

— Quelque madone au visage incliné, aux yeux baissés, aux mains jointes, ayant sur la tête une auréole formée par ses cheveux blonds ? Cela est douteux. Il est à remarquer, d'ailleurs, que les blonds aiment les brunes, et *vice versâ*.

En parlant ainsi, la jeune fille savait fort bien qu'elle décochait un double trait.

Mlle Gendrin était visiblement agacée.

— Les oreilles doivent bien lui tinter à ce M. Férand, fit-elle, car voici beaucoup de paroles dites à son sujet.

— Nous pouvons parler d'Elzéar maintenant, répondit Marguerite en mettant beaucoup de malice dans ces simples mots.

— Ce sont des sujets de conversation qui se valent.

— Cela dépend du point de vue où l'on se place.

— Il est clair que cela t'intéressera moins.

— Et réciproquement.

— Enfin, dit cette fois assez sèchement Mlle Gendrin, ne va pas t'imaginer que je veuille t'enlever ton M. Férand.

— N'est pas qui veut la femme d'un docteur, répondit Marguerite en jetant sa broderie dans une corbeille.

Puis la jeune fille se leva et alla regarder à la fenêtre.

— Viendra, viendra pas, dit Elzéar, qui exécutait toujours des variations au piano.

— Trente et un, annonça Chavin en abattant son jeu.

Tout à coup la bonne ouvrit la porte du salon et l'on aperçut la vieille demoiselle Hautecœur suivie de Marcel.

— Ah! voici les retardataires, dit Gendrin en se
levant.

Au même moment, la jeune cousine se retournait
d'une façon si brusque qu'elle culbutait un petit
guéridon en peluche sur lequel se trouvait un panier
en biscuit décoré qui appartenait à Alice.

— Maladroite! dit sévèrement Mlle Gendrin.

Et, pour la première fois depuis que le docteur
était reçu chez son père, Alice tendit la main à Marcel qui s'avançait pour la saluer.

La vieille marraine, habile à saisir les nuances,
ne laissa pas échapper celle-ci.

Quant à Marcel, remis assez vite d'une première
et délicieuse émotion, il dit à la jeune fille :

— La journée est bonne pour moi, mademoiselle ;
commencée par les remerciements d'un malheureux
que d'autres avaient abandonné et que j'ai pu guérir, elle se termine par un sourire que je n'aurais
pas osé espérer.

Marcel avait dit cela avec la voix douce et charmeresse signalée jadis par Alcide Maron, et qu'après
lui la Désirée et Marguerite avaient reconnue.

Mlle Gendrin ne répondit rien ; elle se contenta
de promener un regard qui alla de Marcel à la cousine évaporée qui avait eu l'audace de songer au
docteur, et ce regard plein de morgue jalouse semblait dire :

— Tu vois bien que si je voulais...

— Eh! allons donc, docteur, fit Gendrin en donnant trois ou quatre petits coups de plat de main

sur la table, on n'attend plus que vous pour le rams
à deux sous la fiche. Et cette fois tout le monde en
est.

— Tout vieux qu'il est, je crois que mon moyen a
réussi, pensa la marraine Hautecœur ; demain nous
viendrons faire la demande.

IX

Le lendemain, Mlle Cécile Hautecœur se rappela
ce proverbe qui dit : « Il faut battre le fer quand il
est chaud », et se rendit tout droit chez M. Gendrin,
dédaignant de faire une halte chez son filló.

Mlle Hautecœur n'eut pas plus tôt disparu à l'extrémité de la grand'rue et pris la rue Neuve qui
conduisait chez l'ancien entrepreneur de travaux
publics qu'il circula dans tout Chancenay : Chance-
nay-le-Grand et Chancenay-le-Petit, cette nouvelle
à sensation :

— La directrice des postes va demander en mariage Mlle Gendrin pour son petit rousseau de docteur.

Et, par hasard, la nouvelle était d'une rigoureuse
exactitude.

Cela courut comme une traînée de poudre et fut aussitôt l'objet de commentaires à perte de vue. Une commère faisait à peine dix pas dans la rue qu'elle en rencontrait une autre et c'était un :

— Vous savez?

— Oui, ma chère; hein, croyez-vous?

— Voilà encore un mariage de bâclé.

— Moi, je l'avais auguré quand j'ai vu la vieille s'en mêler.

— Eh bien! tenez, moi, j'y avais pensé à l'arrivée du docteur.

— Enfin, ça n'aura pas traîné.

— Et, excusez, ça fera une jolie noce...

La Désirée qui arrivait chez la marchande de draperies, reçut la chose en pleine poitrine. On l'appela cachotière et on lui demanda qui avait pu lui coudre le bec.

Certes, la grande brune se doutait de quelque chose depuis longtemps ; elle pensait bien que son maître ne resterait pas toujours garçon et que la marraine Hautecœur ferait tous ses efforts pour lui trouver rapidement une femme. C'est égal, cela lui faisait un drôle d'effet; il lui semblait ressentir un grand choc dans l'estomac et son cœur battait à tout rompre. Mais il n'y avait rien à dire; un peu plus tôt ou un peu plus tard, cela devait arriver; le docteur Férand était libre de se marier et elle n'avait jamais eu l'ambition de devenir sa femme. Sa bonne à tout faire peut-être; mais sa femme!...

— Fâcheux, ma fille, dit une voisine, que tu n'aies pas pu l'enjôler, ce médecin de Paris.

— Après cela, la Désirée cache peut-être son jeu,
fit une autre. Si elle en tient du médecin, faudra
bien que ça se sache.

Tout en les écoutant, la grande brune se livrait
un combat intérieur.

— Si je faisais courir le bruit que le docteur Férand a été mon amant, qui est-ce qui viendrait me
contredire? Les Gendrin ne tarderaient pas à tout
savoir et ça ferait avorter le mariage.

Tout cela était bel et bon, mais la Désirée réfléchissait que ce serait à recommencer un peu plus
tard. Et puis, cela ferait du tort à l'homme qu'elle
aimait au fond.

Alors, elle s'était mise à rougir d'elle-même : ce
qui lui venait là à la pensée était honteux; Dieu
merci, elle avait encore de bons sentiments dans le
cœur et le docteur Férand méritait bien qu'on lui
rendît justice.

— Vous vous trompez, dit-elle aux commères;
M. Férand n'a jamais rien eu pour moi et je n'ai
jamais été chez lui ce que vous croyez. C'est un
honnête homme qui mérite ce qui lui arrive.

Les bons sentiments l'emportaient sur les mauvais. Cela la faisait souffrir, mais grandissait en
quelque sorte son amour à ses yeux; un peu plus
et elle avouait les tentatives faites par elle pour
attirer Marcel en un piège trop grossier sans doute
ou trop peu séduisant.

Oh! s'il lui avait dit clairement : « Je ne veux pas
de vous, vous ne m'inspirerez jamais d'amour; » elle
aurait raisonné tout différemment à cette heure et,

blessée dans son orgueil, n'aurait pas hésité à le
perdre. Mais il lui restait un doute à l'esprit : peut-
être que si elle avait été plus habile...

C'était en arriver à conclure que tout ne serait
pas perdu si le jeune ménage consentait à la garder.

Pendant que ceci se passait dans la grand'rue, la
marraine Hautecœur, trottant menu et dédaignant
de regarder autour d'elle, se dirigeait vers la maison de Gendrin, la dernière de la rue Neuve, tout au
bout du pays et un peu à l'écart même. Le molosse
de garde avait signalé son arrivée auprès de la
grille, et Gendrin était venu lui-même au-devant
de la vieille demoiselle.

A l'une des fenêtres du rez-de-chaussée, un visage de jeune fille : Alice ou Marguerite.

— Oh! oh! nous avons du nouveau? demanda
Gendrin en se frottant les mains.

— Du nouveau et du sérieux, répondit Mlle Hautecœur. Êtes-vous seul?

— Je serai seul si vous le désirez. Mais enfin que
se passe-t-il?

— Montons, je vais vous le dire.

— Je sais ce que tu viens me demander, se disait
tout bas Gendrin en suivant la vieille demoiselle.

Puis, une fois dans la bibliothèque :

— Apprenez-moi, chère dame, ce que signifie cet
air mystérieux?

— Je parie que vous vous en doutez un peu, répondit Mlle Hautecœur.

— J'avoue qu'il faudrait être tout à fait aveugle

pour ne rien voir, tout à fait sourd pour ne rien entendre.

— Donc, vous avez vu et entendu ; cela va me
mettre à l'aise, car j'ai beau n'en pas être à mon
coup d'essai, une demande en mariage, ça vous
gêne toujours un peu pour commencer.

— Eh! allons donc, nous y voici, pensa Gendrin.
Puis, tout haut :

— Alors, chère dame, il s'agit d'une demande
en mariage? Je suis très flatté de votre démarche.

— Vous connaissez le docteur, commença-t-elle
en faisant ronfler le mot *docteur* selon son habi-
tude ; c'est un homme fait, sérieux et calme ; aux
prises de bonne heure avec les difficultés de l'existence, il n'a eu ni le temps ni l'argent qu'il faut pour
s'amuser ; il a vécu sage et l'étude lui a servi de dis-
traction. Il fera un excellent mari.

— C'est parfaitement mon avis, observa Gendrin ;
j'ai eu à peu près les mêmes commencements et cela
m'a servi plus tard. Il n'est pas du tout nécessaire
de s'être beaucoup amusé étant jeune homme pour
se mettre en ménage dans de bonnes conditions.

— Le docteur apportera donc à sa femme un cœur
jeune et une santé robuste. C'est une dot cela par
le temps qui court, je dirais même une dot d'une
certaine valeur.

— D'une certaine valeur, répéta en écho M. Gendrin.

— Mais le docteur apporte autre chose encore :
il apporte son titre de docteur en médecine, un
commencement de clientèle qui ne peut manquer
de s'étendre rapidement ; nous avons déjà le châ-

teau ; et de plus, à ce titre de docteur en médecine
s'attache le relief d'une situation libérale, bien en
vue, quelque chose de séduisant pour une jeune
femme.

— Eh ! mais, cela est parfaitement vrai, dit Gendrin que le verbiage de la vieille demoiselle intéres-
sait visiblement ; le médecin peut, sans de très grandes ambitions, aspirer à devenir maire de son pays
et conseiller d'arrondissement ; un conseiller d'arrondissement est déjà un personnage influent et l'on
a vu de ces messieurs devenir députés.

— Sans aller aussi vite ni aussi loin, reprit doucement la vieille demoiselle, on peut dire que la position est enviable.

— Très enviable.

— Toutefois, celle du docteur Férand n'est pas
encore faite ; il lui faudra certainement beaucoup
d'aide...

— Et vous pouvez compter qu'il en trouvera, in-
terrompit vivement M. Gendrin. Il a les sympathies
de tous et, quant à moi, je ferai tout ce qui sera
en mon pouvoir...

— Nous vous en remercions, fit gravement mademoiselle Hautecœur ; permettez-moi donc de vous
demander, pour mon filló, le docteur Marcel Férand,
la main de mademoiselle Alice Gendrin.

— Alice ! exclama Gendrin en sursautant dans
son fauteuil. Et, croyant avoir mal entendu ou supposant que la vieille demoiselle voulait parler de
Marguerite, il ajouta :

— Vous avez dit Alice ?

6

— Oui, monsieur.

— Eh ! parbleu, pensa Gendrin, je suis un vieux serin, j'aurais dû m'en douter plus tôt. Maintenant que me voici enferré...

— Attention à toi, Cécile Hautecœur, se dit la directrice des postes, voilà le moment décisif.

Gendrin, non encore remis de son émotion, répondit assez froidement :

— Je vous l'ai dit : je suis très flatté de votre démarche, chère dame ; vous excuserez la surprise d'un père que la crainte d'une séparation fait trembler.

— Aussi ne convient-il pas de songer à une séparation. Le docteur est fixé à Chancenay, il ne peut être question pour lui d'aller exercer ailleurs ; il reste attaché à Chancenay et à sa nouvelle famille. J'irai même plus loin : le docteur consentirait, si cela pouvait être agréable à celle dont il désire obtenir la main, à ne point séparer un seul instant la fille d'avec le père.

Ici Gendrin voulut bien se dérider légèrement.

— Alice est encore bien jeune, objecta-t-il tout en cherchant quelque prétexte qui ne venait pas.

— Egoïsme de père, cher monsieur, mais égoïsme qui tombe devant ce que je disais tout à l'heure. Il n'y aura rien de changé, puisque vous resterez avec vos enfants.

— Enfin, dit Gendrin, ne serait-il pas prudent d'attendre que la position de M. Férand se soit quelque peu améliorée ?

La vieille demoiselle n'eut garde de saisir la balle au bond.

— Mais le moyen de l'améliorer, dit-elle, c'est tout justement d'accorder au docteur la main de votre fille, et c'est là où l'aide dont vous parliez il y a quelques instants peut lui faire grand bien.

Gendrin se sentait pris et se débattait dans le vide.

Pourtant il hasarda ce qu'il considérait comme une dernière objection.

— Alors le docteur est amoureux ?

La bonne marraine, suffisamment renseignée par Marcel, sentit le piège.

— C'est-à-dire qu'il aimera sa femme en bon mari, mais non peut-être avec ce feu de paille aussitôt allumé qu'éteint que l'on appelle la passion.

— Ah ! ah ! fit simplement Gendrin, mais sans être dupe, car il était résolu à se méfier. Et monsieur Férand n'est pas effrayé par certains détails de lui connus maintenant ?

— La demande que je viens vous faire en est la preuve.

— Soit. Je me rends. A mademoiselle Gendrin de décider. Ce soir, chère dame, vous aurez notre réponse.

Et Gendrin reconduisit la vieille demoiselle jusqu'à la grille.

Comme il rentrait chez lui il rencontra Alice.

— Eh bien ! demanda-t-elle visiblement énervée, vous vous décidez donc à marier Marguerite ?

— Qui te fait supposer cela ?

— Mais la visite de mademoiselle Hautecœur ; une demande en mariage n'était pas difficile à deviner.

— Est-ce que tu crois le docteur Férand amoureux de ta cousine ?

— Oh ! nullement ; seulement cette petite évaporée se croit remarquée, que sais-je...

— Oui, oui, nous savons ça. Eh bien ! en effet, il y a eu demande officielle.

— Ah !

— Et j'ai été amené à me laisser faire.

— Mon Dieu, vous êtes bien libre.

— Pas tout à fait : n'est-il pas bon de consulter la principale intéressée ?

— Ce que vous ferez pour elle sera bien fait.

— Ainsi tu acceptes ?

— Comment ?

— C'est ta main que le docteur Férand m'a fait demander.

Et tout à coup ce brave homme de père Gendrin se mit à fondre en larmes.

Alice ne trouvait pas un mot.

Elle triomphait sans se rendre exactement compte de la situation.

— Eh bien ! petite, tu ne dis rien ? demanda Gendrin.

— N'avez-vous pas répondu pour moi ?

— Non ; j'ai voulu te laisser libre, c'est le moyen de ne pas faire le malheur des gens ; comme ça on n'a rien à se reprocher.

Mais Alice ne trouvait rien à répondre. Elle n'a-

vait jamais songé sérieusement à ce moment capi-
tal dans la vie d'une femme. Jusqu'ici beaucoup
d'orgueil, un peu de dépit et un éclair de satisfaction
pour le résultat obtenu. De là au mariage, et surtout au mariage avec M. Férand, il y avait l'é-
tendue des mers ou la distance de la coupe aux
lèvres. Ce n'était plus qu'une question d'excita-
bilité.

— Alors tu consentirais? demanda Gendrin en
guettant une réponse sur les lèvres de sa fille.

— Oui, répondit Alice sans la moindre émotion.

Au même moment, Marguerite entra en coup de
vent.

— Savez-vous le bruit qui court déja dans Chancenay? fit-elle.

— Parfaitement, répondit Mlle Gendrin; on dit
que j'épouse monsieur le docteur Férand. Cela
est exact, ma chère, et je suis heureuse de te l'annoncer.

Et la turbulente cousine dissimula sa joie en
pensant :

— Ce n'est donc pas Elzéar..

X

Le mariage une fois décidé, les préparatifs devaient
être rapides. Diverses questions d'intérêt étaient à
régler. Marcel acceptait sans restriction tout ce que
proposait M. Gendrin. Le père et les enfants vi-
vraient ensemble dans l'habitation de l'ancien
entrepreneur, suffisamment vaste et commode ; l'appartement du docteur dans la maison des Chavin
devenait trop petit, et c'était faire ainsi l'économie
d'un loyer.

Gendrin déclarait neuf mille francs de rentes. Son
intention était de prendre là-dessus une somme de
vingt mille francs pour la dot de Marguerite et d'a-
bandonner le reste au jeune ménage, à cette condi-
tion qu'il lui serait servi jusqu'à sa mort une rente
de dix-huit cents francs. Gendrin conservait la pro-

priété de sa maison de la rue Neuve, dite *La
Tuilerie*.

Il restait donc environ six mille sept cents francs
de rentes aux jeunes mariés, loyer et contributions
payés.

À Chancenay, c'était presque l'opulence.

Marcel croyait faire un rêve impossible et, à chaque
instant, il s'attendait à être réveillé brusquement.

Ah ! certes, il pouvait bien dire qu'il devait tout
à sa bonne et intelligente marraine Hautecœur.

Parbleu, Marcel ne serait pas ingrat. Il savait que
la marraine ne gagnait pas des mille et des cents à
diriger le bureau des postes de Chancenay et que
les économies faites depuis quinze ans par la vieille
demoiselle étaient fort maigres. D'ailleurs, n'avait-
elle pas pris sur ces économies-là pour le faire
vivre depuis son arrivée ? Et *le faire vivre* était l'expression rigoureuse, car Marcel n'avait pas encore
touché un sou de ses premières visites, et l'air de
Chancenay, les courses faites à pied ou en carriole
sur les routes et chemins des environs, lui donnaient
un appétit dévorant. Eh bien ! avant qu'il soit longtemps, Marcel obligerait bien la vieille marraine à
se reposer et la mettrait à l'abri du besoin.

Depuis qu'il était admis à faire sa cour, Marcel
ne voyait pas combien peu de chose était changé
dans la façon d'être de celle qu'il aimait. Mlle Gendrin ne l'écoutait que distraitement, l'esprit occupé
par une pensée fixe : elle allait donc appartenir à un
homme qu'elle n'aimait pas. Non seulement elle ne
ressentait absolument rien pour le jeune docteur,

mais un sentiment étrange l'envahissait. Lorsque
Marcel causait avec M. Gendrin, la jeune fille ne
pouvait s'empêcher d'établir des points de comparaison. Décidément l'homme auquel elle allait lier
sa vie avait bien piètre figure; elle n'avait jamais
aussi bien remarqué que maintenant le visage fade
et peu expressif, l'œil sans vigueur, la taille grêle de
cet amoureux de trente-trois ans que l'étude avait
pâli et que l'amour se refusait à transformer en
Apollon. Et puis, tous ces petits détails qui viennent
choquer alors qu'on n'est pas sous le charme d'un
ensemble satisfaisant : ces cheveux un peu trop
blonds, cette barbe clairsemée aux reflets roux, ce
reste de petite vérole que les années n'arrivaient pas
à effacer complètement, tout cela amenait un peu
de répulsion; ce n'était encore qu'une impression
ressentie et non expliquée, mais cela s'accusait chaque jour, et les progrès faits ainsi lentement ren-
daient la jeune fille de plus en plus impénétrable.

Marcel causait agréablement, il était varié, plein
d'aperçus neufs; on sentait qu'il avait longtemps
habité Paris et qu'il n'était provincial que depuis
trois mois; de plus, sa voix était admirablement
timbrée; mais ce n'était là que la seconde impression reçue et, pour la jeune fille, elle ne suffisait pas
à atténuer la première.

Le sentiment de répulsion subsistait.

Pourtant elle ne songeait pas à reculer, cela devenait une question d'orgueil. Ignorant l'amour,
ayant toujours mené la vie calme et n'ayant pu
étudier l'homme que dans Elzéar qu'elle trouvait

ridicule et dans Marcel qu'elle trouvait laid, elle se
résignait à vivre ainsi qu'elle avait vécu jusqu'alors :
sans aspirations comme sans regrets ; elle n'aime-
rait pas, voilà tout. Décidée à subir le mariage, elle
ne prenait guère la peine de raisonner tout cela.
D'ailleurs, il y aurait si peu de chose de changé
dans son existence : tout au plus un visage nouveau dans la maison de son père, des conversations
et des allées et venues qui différeraient à peine de
celles auxquelles elle était habituée, ni plus ni moins
de liberté, toujours la vie calme et réglée d'autrefois, une étiquette nouvelle : à *mademoiselle* allait
succéder *madame*.

On était en plein mois de mai et la date fixée pour
la célébration du mariage s'avançait rapidement.
Un gros événement pour Chancenay, dont la chro-
nique locale était assez souvent muette. Marcel avait
fait part de son bonheur à son ami Alcide Maron et
l'avait invité à venir passer quelques jours auprès de
lui à l'occasion des noces ; mais on était en plein
plébiscite et Alcide, tout en envoyant ses meilleurs
souhaits au docteur Férand, lui avait avait répondu
ce mot : Impossible. Il était beaucoup trop occupé
là-bas pour songer à déserter la lutte. Trois jours
avant le mariage, Alcide avait écrit à son ami :

« Tout va mal et pourtant tout va bien ; avant six
» mois la France sera en république. Marie-toi et
» songe à avoir beaucoup de petits Férand. Aussitôt
» que j'aurai un moment à moi, je m'engage à te
» tomber sur le dos ; mais ne m'attends pas avant

» que l'Empire ne soit écroulé. Tu n'attendras pas
» bien longtemps. »

— Diable de cerveau brûlé, pensait Marcel, qui ne
se doute pas qu'on peut vivre heureux et calme dans
un petit coin ignoré de la terre française.

Il est vrai que si Marcel pensait ainsi, c'était tout
justement parce qu'il était amoureux. Or, un amoureux voit tout au travers d'un prisme spécial qui
déforme les objets à son insu et sait tromper agréablement.

Maintenant tout était prêt, les invitations faites
et la maison montée. Mlle Gendrin avait trouvé tout
naturel de conserver la Désirée qui avait dans le
pays une bonne réputation et connaissait bien le
service. Marcel n'avait pas soufflé mot, n'ayant pas
une seule bonne raison à donner; mais ce choix
n'était pas pour lui plaire, et Mlle Hautecœur, tout
aussi gênée, s'en mordait les lèvres. Cela clouait le
bec à quelques méchantes langues, mais pouvait
fort bien faire jaser certaines autres. On pouvait
dire :

— Vous voyez qu'il n'y a rien eu entre le docteur
et sa bonne, puisque la jeune épouse ne craint pas
de prendre celle-ci.

Mais l'on pouvait penser tout bas :

— Malin, ce docteur Férand, il trouve moyen
d'introduire l'ancienne maîtresse dans le domicile
conjugal.

Pourtant ce mariage trompait l'attente des habitants de Chancenay : Gendrin avait peu de parents
et des parents éloignés encore. Marcel Férand n'en

avait plus; restaient seulement les amis et quelques
connaissances intimes, degré des Chavin. La noce
serait donc des plus simples.

Le grand jour était venu enfin.

Marguerite était demoiselle d'honneur et donnait
le bras à Elzéar. La petite cousine triomphait aussi
et cachait peu sa joie; elle était d'une exubérance
folle. Alice concevait quelque dépit en face de cette
bonne humeur, et cela faisait doucement la lumière
dans son esprit. Est-ce que véritablement Marguerite avait songé à Marcel? Elle paraissait un peu
trop heureuse au bras du fils Chavin...

Dans la sacristie, le père Gendrin avait fait bénir
une bague qu'il tenait dans la main depuis le commencement de la cérémonie et, devant tous, il
l'avait placée au doigt de sa fille en lui disant :

— Ceci est l'anneau de mariage de ta mère, morte
en te donnant le jour.

Gendrin avait les yeux secs et sa voix ne tremblait pas; un grand changement paraissait être survenu en lui. Tirant Marcel à l'écart, il lui dit tout
bas :

— Vous le voyez, j'ai pardonné à la mémoire.
Votre femme ne doit rien savoir de plus...

XI

Les danses cessèrent vers deux heures du matin, et une demi-heure après la Tuilerie retrouvait son calme. Les nouveaux époux pouvaient rentrer dans leur appartement.

Gendrin ne fut ni bonhomme ridicule, ni gâteux larmoyant; il embrassa sa fille longuement, tout plein d'une émotion contenue, et mit sur le front de Marcel un bon gros baiser d'ami. Puis il se retira chez lui en songeant que son Alice n'était pas tout à fait perdue pour lui.

Pourtant Gendrin ne put s'endormir comme cela tout de suite. Le souvenir de ses premières années de mariage si décolorées et si tristes lui montait au cerveau en bouffées chaudes et lui battait violemment les tempes.

Dans une autre partie de l'habitation, la Désirée veillait aussi : à elle, on lui prenait l'homme qu'elle aimait.

Les souffrances endurées par ces deux êtres étaient des souffrances voulues par eux : le père avait consenti à donner sa fille, la Désirée n'avait pas osé retenir Marcel.

Celui-ci était maintenant aux pieds de sa femme.

Les jeunes époux enfin seuls dans la chambre nuptiale, quelque chose de nouveau était entré dans le cœur de Marcel. Ce quelque chose était un sentiment de crainte vague.

Plus que jamais Mlle Gendrin demeurait froide et muette, et cette froideur glaçait sur les lèvres du jeune homme les mots d'amour qu'il sentait chanter en lui.

Alice était tremblante mais ne laissait apparaître aucune trace d'émotion ; elle était assez maîtresse d'elle-même pour ne pas laisser percer autre chose qu'une profonde indifférence.

Marcel s'approcha d'elle et lui dit avec un petit tremblement dans la voix :

— Me permettez-vous de vous appeler Alice maintenant ?

La jeune femme était étendue dans une causeuse ; elle fit signe de la tête que oui.

Marcel se pencha un peu au-dessus d'elle et lui mit un baiser sur le front. Ce baiser la fit tressaillir et elle dit un peu brusquement :

— Oh ! vous m'avez fait peur !

— Ne voulez-vous pas, maintenant que nous

sommes bien à nous, que je vous dise combien je vous trouve belle et combien je vous aime? Ce sont là des mots que je n'ai pas encore osé dire, bien qu'ils soient sur mes lèvres depuis longtemps. A cette pensée de mon cœur, que mes yeux formulaient, j'attendais une réponse lisible dans votre regard, et si j'ai attendu jusqu'à ce soir, c'est que la réponse ne venait pas ou bien que je ne savais pas la comprendre.

— Je sais que vous m'aimez, fit simplement Alice.

— Ce que je n'ai pu laisser voir, c'est la force de cet amour qui est devenu toute ma vie; ce que je n'ai pu faire, c'est vous remercier d'avoir consenti à mettre votre main dans la mienne; ce que je n'ai pu dire, c'est qu'en unissant votre existence à celle du médecin de campagne, vous faisiez un heureux de ce monde d'un pauvre mendiant d'amour.

Marcel tremblait, les nerfs singulièrement agités, et il hésitait à chacun de ses mots. Ce qui eût dû être pathétique arrivait confus et presque bredouillé.

Alice le regardait sans répondre.

Marcel se pencha de nouveau et voulut embrasser sa femme une seconde fois. Celle-ci fit un petit mouvement pour se dégager.

— Je vous en prie, dit-elle, je suis tellement impressionnable...

— Eh bien! laissez-moi seulement presser vos mains dans les miennes; j'essaierai de vous communiquer la fièvre qui me dévore. Alice, vous voulez bien que je vous aime, n'est-ce pas?

La jeune femme ferma les yeux et parut s'abandonner.

— Tenez, continua-t-il, me voici à vos genoux; cela est mieux pour supplier et surtout pour dire merci. C'est que j'ai l'ambition de mériter votre amour comme j'ai mérité votre main et de vous dire bien bas, afin qu'aucun être mystérieux ne puisse l'entendre, non pas je vous aime, mais je t'aime!...

Alice se redressa.

— Puisque vous m'aimez, dit-elle, ayez pitié de moi; toute cette journée m'a accablée de fatigue, je désire me reposer. Peut-être serai-je mieux demain pour vous écouter.

— Demain, dit Marcel en cherchant à enlacer la jeune femme, demain je vous aurai prouvé mon amour, demain vous serez à moi...

— Demain... fit Alice avec une expression indéfinissable.

— Depuis un mois, continua Marcel, je mets en réserve des trésors de tendresse; depuis de longs jours je ne vis que dans l'espoir de ces quelques minutes pendant lesquelles l'épouse s'abandonne à l'époux et où, en échange, ce dernier lui jure un amour éternel. Tenez, je ne vous demande plus une réponse, plus un mot, mais un simple regard qui me fasse comprendre que le moment est venu et que vous voulez enfin récompenser la longue attente de celui qui a eu l'ambition d'être votre mari et de devenir votre amant.

Pendant que Marcel parlait — et dans cet instant

il parlait avec passion — Alice n'écoutait plus cette strophe du poème de l'amour dite pourtant avec un charme exquis ; elle était distraite par des détails d'une vulgarité décevante : les favoris roux qui semblaient flamber dans la lumière des lampes aux globes orangés, les sept ou huit trous de petite vérole qui mouchetaient les ailes du nez, le col de chemise mouillé de sueur et tout froissé, la cravate blanche défaite et pendante, l'un des bouts pris dans le revers de l'habit.

Puis le regard de la jeune femme se perdit dans le vague, ses paupières s'appesantirent et elle se sentit envahie par une lassitude extrême.

Marcel crut voir dans ce laisser-aller un acquiescement muet ; il saisit Alice dans ses bras nerveux et, presque sans efforts, il la porta jusqu'au lit, appuyant ses lèvres sur celles de la jeune femme et la serrant passionnément sur sa poitrine. Mais tout à coup elle parut sortir de sa torpeur, elle vit les favoris roux qui continuaient à flamboyer à quelques lignes de sa joue, elle sentit l'étreinte et fit un brusque mouvement pour se dégager.

— Oh ! de la violence, dit-elle.

Et l'expression dédaigneuse qui tomba de ses lèvres rappela à Marcel la première entrevue, à Paris, dans la salle des pas-perdus de l'embarcadère.

En ce moment il se trouvait en face d'une grande glace qui lui montrait ses cheveux et ses favoris trop dorés, sa tournure trop grêle, son visage trop

tiré. Le collet de son habit était relevé ridicule-
ment et la cravate ne tenait plus que par le
bout flottant pris dans le revers. Marcel se sentit
perdu.

— Vous m'avez dit plusieurs fois, fit la jeune
femme, que je vous faisais beaucoup d'honneur en
consentant à devenir Mme Férand. Le fait est accompli
aujourd'hui et j'en suis heureuse pour vous. Pourtant, si vous avez réussi à conquérir l'épouse, il vous
reste à conquérir la femme, et ce peut être là une
besogne laborieuse. Une victoire de la nature de
celle que vous alliez tenter tout à l'heure n'y pourrait rien changer; il faut que le cœur soit prêt à se
rendre, et vous m'obligez à vous dire que le mien ne
s'est pas encore donné.

— Vous devez donc le trouver bien ridicule et bien
sot ce mari qui voulait vous prouver son amour et
vous suppliait à l'instant de l'écouter, en se traînant
à vos genoux?

— Est-ce trop demander que vouloir être con-
vaincue et méritée?

— Non, et je sens que vous avez raison. Toute
mon erreur provient de ce que je croyais avoir assez
fait pour vous convaincre, assez prié pour vous
obtenir. Quand l'homme se trompe à ce point, il est
coupable ou niais, il serait méprisable s'il tentait
la violence. Voilà ce que vous n'avez pu croire, n'est-
ce pas? Voilà ce dont je me défends. Pourtant il est
impossible que vous n'ayez pas pitié de moi; ce
serait presque inhumain de me laisser partir maintenant après m'avoir fait tout espérer, et quand je dis

7

tout espérer, c'est qu'il me semblait qu'après vous
avoir entendu dire oui ce matin, je ne vous enten-
drais pas prononcer un non ce soir Voyez, le courage ne m'abandonne pas; c'est qu'aussi il serait
cruel à vous de me faire perdre tout espoir. Si vous
saviez quelle place je vous ai faite dans mon âme
et quel respect j'ai pour la moindre de vos pâroles!
Vous êtes plus que l'épouse que l'on chérit et respecte, vous êtes le dieu en qui j'ai voulu croire;
et lorsque tout à l'heure je vous disais : je vous
aime! j'oubliais d'ajouter ces deux mots qui sont
toute ma foi : je vous adore !...

— Je vous ai dit combien j'étais lasse, fit mademoiselle Gendrin.

Marcel sentit une sueur froide lui perler au front
et il se prit en pitié. En un instant il se vit le mari
éconduit que la femme trouve ridicule le lendemain
parce qu'il n'a pas su oser, et il demeura quelques
secondes indécis et troublé.

— Vous n'êtes pas souffrante? demanda-t-il.

— Non, merci.

— Et... vous ne voulez pas que je reste?

— Je désire être seule et me reposer.

Marcel se redressa plein d'amertume.

— C'est donc une barrière que vous voulez élever
entre nous dès maintenant?

— Ai-je dit quelque chose de semblable? Je suis
votre femme et vous êtes mon mari, je ne songe pas
à l'oublier.

— Pourtant...

— Vous attendiez de moi ce soir un gage que je n'ai pas la force de donner, voilà tout.

— Est-ce bien de force qu'il s'agit?

— Cette insistance est désobligeante pour moi.

— Pensez-vous qu'elle le soit moins pour votre mari ?

— Y a-t-il dans notre contrat un article qui m'oblige à vous aimer comme cela dès aujourd'hui ?

— En cherchant bien, on trouverait peut-être que cela existe dans le contrat passé devant Dieu.

— Vous pouvez l'interpréter ainsi selon vos désirs.

— Il serait plus juste de dire : selon mon amour.

— Comment voulez-vous que nous puissions nous entendre à une heure aussi avancée? Vous me parlez amour et je vous réponds que je suis accablée. C'est vous qui êtes sans pitié.

— Je me serais déjà retiré, fit Marcel, si je n'avais l'audace d'espérer encore, la folie de croire que vous me faites plus longtemps espérer pour mieux m'enivrer, et qu'un baiser plus brûlant que les autres saura vous persuader enfin.

— Vous avez raison de dire la folie, prononça froidement Mlle Gendrin.

Marcel crut avoir le vertige. Il s'appuya à la cheminée dans laquelle s'écroulait un feu de bûches et porta les deux mains à son front.

— C'est votre dernier mot ?

— Oui.

— Songez que vous m'avez juré ce matin...

— Soit, dit la jeune femme en se laissant tomber

à la renverse sur le lit, vous êtes le maître. Faites de moi ce que vous voudrez...

Et le lendemain, en se réveillant, Marcel fut obligé de s'avouer que cette nuit d'amour entrevue depuis si longtemps n'avait produit qu'un rapprochement banal, sans plaisir comme sans espoir.

XII

Quatre mois après, presque jour pour jour, on recevait à Chancenay la nouvelle de la révolution du
4 septembre, et quarante-huit heures s'étaient à
peine écoulées, depuis la déchéance de l'Empire,
qu'Alcide Maron venait se jeter dans les bras de
Marcel Férand.

Alcide était flanqué d'un homme encore jeune
mais chauve, qui abritait derrière une paire de lunettes à verres fumés deux yeux petits et vifs. Ce
monsieur était un journaliste.

Lorsqu'ils furent seuls, Alcide embrassa son ami
le docteur Férand.

— Eh bien! que t'avais-je dit? Attends un peu,
cela ne sera pas long; maintenant la besogne est
faite, me voici.

— Et tu es le bienvenu ; combien nous restes-tu ?

— Quatre jours ; il faut que ma tournée soit terminée en un mois.

— Quelle tournée ?

— C'est juste, je ne t'ai encore rien dit. Apprends, mon bon vieux, que je suis chargé d'organiser la victoire... dans l'ouest. J'ai choisi l'ouest parce que je savais rencontrer Chancenay sur mon chemin.

— Je t'en remercie ; mais encore ?...

— Pour organiser la victoire, il faut des journaux ; le journalisme est une force — ne t'étonne pas si je parle par clichés, c'est de toute nécessité à l'heure actuelle ; — le parti républicain a déjà de nombreux organes, mais il faut devenir légion du jour au lendemain. Je viens semer la bonne parole.

— Alors tu as un poste ?

— Oui. Le 4 j'étais à la Chambre, en curieux : je serrais la main à Glais-Bizoin et à Rochefort ; le soir j'étais à l'Hôtel-de-Ville sans savoir comment : je serrais la main à Gambetta ; le lendemain je passais devant le ministère de l'intérieur et l'on me chargeait d'organiser la presse républicaine en province.

— Tous mes compliments. On a reconnu qu'il y avait en toi l'étoffe de quelqu'un.

— N'exagérons rien : je me trouvais là, voilà tout. Dans la vie, pour réussir, l'important est de se trouver là au bon moment ; c'est le secret de bien des fortunes.

— Et tu comptes faire la tienne ?

— Je compte manger le peu qui me reste, c'est-
à-dire le produit d'une ferme en Brie dont le fer-
mier ne me paye pas. Ce sont là des rentes assez
maigres ; celles que prétend me faire le gouvernement ne sont pas beaucoup plus fortes : j'ai touché
cinq cents francs pour indemnité de voyage et j'en
ai déjà dépensé huit à Orléans.

— Alors tu es sans un sou.

— Non, je fais maintenant des bons sur les pré-
fets.

— Allons, tu n'es pas à plaindre ; avant six mois
tu seras nommé député.

— Avant six mois nous serons Prussiens s'il ne
se lève pas quelque Carnot. Mais parlons un peu de
toi maintenant ; c'est assez de politique, n'est-ce
pas ? Que font les malades ?

— Ils se portent bien.

— Ils ont tort.

— Aimerais-tu mieux les voir mourir ?

— Non. Là surtout il faudrait être juste milieu :
ni bien portant, ni mort. Enfin, heureusement pour
toi, tu as trouvé la pie au nid.

— Oui, comme tu le dis d'une façon pittoresque,
j'ai fait un mariage d'argent. Sept mille francs de
rentes ; dans ce pays on est gros rentier avec moitié
moins.

— Et ta femme ?

— Jolie, tu vas la voir.

— C'est fort bien, tu es un mortel heureux. De la
fortune et une jolie femme ; j'ai bien envie de devenir envieux... de ton bonheur.

— Tu aurais tort.

— Hein ?

— Je ne suis pas heureux. A d'autres je le cache, à toi il faut que je dise la vérité ; je suis plus seul, maintenant que je suis marié que lorsque j'étais garçon.

— Par exemple ! Une *Mademoiselle Giraud* de province ?

— Non. Je suis bien l'époux, et si la possession, en ce qu'elle peut avoir de régulier et de banal, pouvait satisfaire un cœur sérieusement épris, je serais heureux...

— Je comprends : tu aimes et l'on te subit.

— Oui, j'aime comme un fou, j'idolâtre ; je suis le passionné acharné après une œuvre stérile : depuis quatre mois je guette le moment où la statue que j'adore consentira à tressaillir.

— Diable !

— Alors tu vois mon existence depuis ces quatre mois. Je continue à aimer car, tu le sais, je suis tenace et je ne désespère pas aisément ; donc j'aime à travers mes occupations de chaque jour, les visites expédiées dans mon cabinet de consultation, les courses dans les hameaux et les bourgs, les études poursuivies à l'aide de mes dictionnaires, j'aime et je m'épuise en vaines recherches, en soins superflus. Après des jours où la fatigue m'accable, où la fièvre m'étreint, des jours pendant lesquels j'attends anxieux le résultat d'une médication nouvelle sur un malade que je risque de perdre, mais qu'aussi je puis sauver ; des jours où je tâte le pouls

d'un varioleux et m'approche de l'enfant que le croup
étrangle ; des jours où je rentre mouillé de sueur ou
transi de froid ; après des nuits plus atroces encore
où le désir me tient la paupière levée, où la honte
d'avoir à demander me fait monter le rouge au front
et me ferme la bouche, où le soupçon me prend à
la gorge, où la rage me congestionne ; après ces
nuits et ces jours, je redouble d'efforts, je tente l'impossible : j'ai des prévenances de tous les instants,
des audaces et des délicatesses calculées. Jamais un
reproche, jamais un mouvement d'humeur ; les
moindres désirs sont des ordres pour moi, en toute
circonstance mes réponses sont à l'unisson des demandes. Bref, je suis le mari à qui tout est permis,
tout accordé, et à qui, lorsque dans mes bras j'é-
treins l'objet aimé, lorsque mes lèvres cherchent ses
lèvres, l'on répond par un : « Si cela vous fait plaisir. »
Et, quelquefois, sans orgueil comme sans pudeur,
sans honte comme sans respect pour moi-même, je
le prends ce plaisir que je paie le lendemain de
larmes amères, alors que personne ne peut me surprendre. Voilà ce que toi seul sais maintenant ; je
ne me suis pas senti la force de te le cacher, tant il
me semblait avoir besoin de pleurer, la main dans
celle d'un ami.

Et Marcel se mit à pleurer comme un enfant.

— Mon bon vieux, dit Alcide assez ému, tu ou-
blies en ce moment que tu es homme. Tout ce que
tu viens de m'apprendre est grave, mais la situation n'est pas désespérée : tu travailles à la conquête
de ta femme et cette conquête est difficile ; un autre

te dirait peut-être tant pis, moi j'ai presque envie de te crier tant mieux ; lorsque cette conquête sera chose faite, les bénéfices seront doubles et les souffrances de jadis bien vite oubliées. Une seule caresse suffit à guérir toutes les blessures que cause l'amour. Enfin il est un remède que connaît bien le médecin, et il faut que ton désespoir soit bien grand et te trouble aussi profondément pour n'y pas penser : un enfant viendra changer tout cela.

— Aurai-je le courage d'attendre jusque-là ?

— Ne m'as-tu pas dit que tu étais tenace ? Ici la persévérance devient une question de dignité, et abdiquer serait une grande faute.

— Je le crois aussi.

— Eh bien ! si tu le crois bien fermement, tu es à moitié guéri. Qui diable aurait pu croire aussi que tu deviendrais amoureux ? On m'a changé mon Marcel Férand de la rue de Bucy.

— Lorsqu'on n'a pas éparpillé son cœur, il arrive un moment où l'amour se manifeste avec une intensité extraordinaire. J'aime ma femme avec autant de violence que d'autres ont aimé vingt maîtresses en dix ans de jeunesse folle.

— C'est la revanche de la nature.

— Revanche qui expose à bien des mécomptes et fait couler les larmes de celui-là qui croyait s'être dompté.

— A celle qui les a fait couler il appartient de les sécher ; c'est là la prophétie du croyant Alcide Maron.

— La prophétie est consolante et je t'en remercie.

Maintenant, viens que je te présente à l'inflexible.

Comme Alcide et Marcel quittaient le cabinet de travail de ce dernier, ils aperçurent dans le jardin le petit monsieur chauve à lunettes qui accompagnait à l'arrivée l'organisateur de la victoire.

— Qui est ce monsieur ?

— Pardonne-moi de ne pas te l'avoir appris tout de suite. C'est un journaliste de province, ancien rédacteur du *Progrès limousin*, journal légitimiste, qui vient diriger à Chancenay *la Rurale*, feuille républicaine.

— A Chancenay ?

— Oui, une idée à moi. Chancenay est le plus important des chefs-lieux de canton du département; distant de huit lieues de la préfecture et de cinq du gros bourg qui a l'honneur de posséder en ses murs M. le sous-préfet, il rayonne admirablement sur toute cette contrée en deçà de la Loire. Chancenay aura son journal comme une simple sous-préfecture.

— Mais encore faut-il une imprimerie ?

— Demain matin tu verras arriver une machine et trois hommes, un baril d'encre, deux caisses de caractères et trois rouleaux de papier. Nous sommes aujourd'hui lundi, le premier numéro de *la Rurale* paraîtra lundi prochain.

— Tu es stupéfiant.

— Tiens compte, mon bon vieux, qu'en restant à Chancenay deux jours de plus qu'il ne faut je risque de priver notre pays de deux mille républicains. Mais, entre nous, tu vaux bien cela, et puis il y a si longtemps que je rêvais de faire un peu de villégiature.

— Ah ! mon pauvre ami, tu tombes bien mal.

— Pas si mal, puisque j'arrive à point pour te remonter. On rentre toujours satisfait quand on n'a pas perdu son temps en voyage. Je ferai de la villégiature une autre fois.

— Allons, viens toujours déjeuner en attendant. C'est égal, quelle drôle d'idée tu as eue de fonder un journal à Chancenay ! Nos paysans sont dans le cas de dévorer ton rédacteur en chef; comment s'appelle-t-il ce monsieur ?

— Quand il dirigeait le *Progrès limousin*, il signait de Langla ; à *la Rurale* il s'appellera Langlade tout simplement. Je lui ai changé son *de* de place.

— Et quelle confiance as-tu dans ses convictions politiques ?

— La meilleure : le pauvre diable a besoin de manger. Du reste, tu vas le voir à l'œuvre, car, si tu le permets, nous ne l'enverrons à l'auberge que demain.

Et l'on passa dans la grande salle.

Marcel présenta son ami à sa femme et à M. Gendrin. Alcide jugea que Marcel n'avait pas exagéré : Alice était belle, d'une beauté simple et douce, non la beauté qui provoque les désirs, mais celle qui retient un cœur et souvent le fait saigner.

— Bigre ! pensa le gros garçon, Marcel s'est attaqué, en effet, à forte partie; mais tout peut encore s'arranger si quelque don Juan à moustaches brunes et à barbe en pointe ne passe pas par ici. Cette jolie

femme cherche sans doute encore son idéal ; si elle
ne trouve pas dans le délai d'un an, elle se décidera
à aimer son mari. C'est géométrique. Heureusement pour Marcel qu'il n'a que moi en fait d'ami, et
lors même que je le voudrais bien résolument, mon
commencement de ventre m'interdirait les rôles de
grands jeunes premiers. Et puis, la politique a
d'autres charmes ; nous aimerons plus tard, quand
nous serons vieux.

— Je t'ai dit tout à l'heure que tu tombais mal,
glissa Marcel à l'oreille de son ami ; regarde, nous
avons le curé à déjeuner.

— Eh ! mais, se dit Alcide après avoir examiné le
prêtre, grand garçon de trente ans, aux cheveux
noirs et aux joues bleues, si c'était là don Juan...

XIII

L'installation de *la Rurale* à Chancenay fut un événement considérable.

De grandes affiches couleur groseille annoncèrent
à six lieues à la ronde l'apparition de la nouvelle
feuille républicaine, *organe des populations agricoles,
défenseur des intérêts ouvriers, journal de la défense
nationale.*

Au bout de quatre jours, Alcide Maron avait pris
congé de Marcel.

— Je ne sais pas si c'est le pays qui veut ça, avait
dit Alcide, mais huit jours de plus et je m'en allais
avec un regret.

— Lequel?

— Ta jeune cousine, Mlle Marguerite, est bien
charmante.

— Oui, mais je crois que la place est prise en son cœur.

— Eh bien ! j'aime mieux cela ; l'impossible n'est pas pour me tenter, et les regrets qui commençaient à poindre n'ont plus de raison d'être.

— Heureux mortel, qui se croit amoureux et qui peut fuir !

— Toi, tu es resté, et ce serait à recommencer que tu resterais encore. Crois-moi, tu seras récompensé.

— Dans l'autre monde.

— Non, dans celui-ci. Tu as donc oublié le proverbe : on arrive à tout par la persévérance ; or la persévérance est une vertu, et la femme finit tôt ou tard par admirer cette vertu-là. Tiens, regarde-moi : je suis persévérant, je fonde des journaux tous les jours et je me retiens d'être amoureux ; fais de même mais en sens inverse : sois toujours amoureux et retiens-toi de fonder des journaux. Au revoir.

— Quand reviendras-tu à Chancenay ?

— Quand il n'y aura plus de curés à ta table.

Et Alcide était parti sur cette boutade qui pouvait passer pour un conseil judicieux.

Pourtant, Marcel n'avait retenu que la boutade. Le prêtre était reçu chez lui deux fois par mois par pure politique, et non parce que M. Gendrin et la jeune femme paraissaient y tenir ; le père et la fille ne passaient pas pour bien dévots, et si quelqu'un avait conseillé d'inviter de temps en temps le curé, c'était justement la marraine Hautecœur, laquelle voulait voir son fillo en bons termes avec tout le

monde : libres penseurs et cléricaux, républicains et
impérialistes, conseil municipal et château.

Aussi quand le fougueux Alcide Maron, l'ami de
Marcel, s'en vint fonder son journal républicain, la
vieille demoiselle prit peur.

Savait-on si le nouveau gouvernement allait du-
rer ? Certainement Marcel allait se brouiller avec le
presbytère et le château ; car il était clair aux yeux
de tous que le jeune docteur était pour quelque
chose dans l'installation d'un journal républicain à
Chancenay.

— Eh bien ! avait répondu Marcel aux représenta-
tions sages de la marraine, si l'abbé Glacheux n'est
pas satisfait, il restera chez lui.

Mais le curé s'était déclaré satisfait, et il avait
continué de venir s'asseoir à la table du docteur
Férand. Lui aussi, c'était par pure politique et pour
le cas où le nouveau gouvernement tiendrait : l'alliance avec le docteur était un appui dans la commune. Le conseil municipal n'avait-il pas parlé,
après le 4 septembre, de diminuer le traitement du
prêtre et de l'envoyer habiter ailleurs que dans un
bâtiment communal ? Ces paysans étaient capables
de tout.

Et l'abbé Glacheux se rapprochait de plus en plus ;
peut-être y avait-il aussi un peu de ce qu'Alcide
Maron avait pronostiqué : des cheveux noirs et des
joues bleues que l'on voyait avec complaisance.

De ce côté, trois personnes veillaient : la marraine
Hautecœur, la Désirée et Gendrin. Toutes trois veillaient pour des motifs différents : le père, pour con-

server la jeune femme sous son égide paternelle, car
il n'avait pas abdiqué ; la Désirée, pour guetter le
moment où il se produirait une rupture dans le ménage, car elle aimait toujours ; enfin la vieille marraine, pour crier à Marcel casse-cou, car elle avait
peur, cette fois, de s'être trompée et d'avoir fait le
malheur de son fillo.

Au milieu de cette triple surveillance, Alice ne se
doutait de rien. Depuis la nuit des noces, elle vivait
dans un désenchantement continuel, essayant de reprendre son existence de jeune fille brusquement
interrompue, et oubliant le matin les caresses de la
nuit. Tristes caresses subies avec une passivité désespérante.

Hé, quoi! c'était cela le mariage ? L'enlacement
étroit de deux êtres qui, sans s'être dit une seule
fois : je t'aime, prolongeaient leur erreur, persua-
dés qu'un jour ou l'autre, ces mots magiques sorti-
raient de leurs lèvres pâmées.

Ah ! l'erreur était grande et difficile à dissiper.

Ce mariage qu'Alice avait accepté à la suite d'un
mouvement d'orgueil et pour bien montrer à la petite cousine qu'un prétendant n'avait pu songer qu'à
la main de Mlle Gendrin, ce mariage, au point de
départ faux et embarrassé, n'avait vécu que quelques heures dans l'esprit de la jeune femme. Elle
n'aimait pas Marcel et il avait suffi de quelques mots
d'amour prononcés doucement par le jeune homme
pour qu'elle le détestât.

Sentiment au moins étrange, elle le détestait tout
en reconnaissant en lui des qualités qu'elle appré-

ciait petit à petit. Elle le voyait sincèrement épris
et savait qu'il était bon ; elle l'eût souhaité méchant
tant il lui semblait qu'il devait avoir à se plaindre
d'elle. Est-ce que cette résistance morale qu'elle lui
opposait ne devait pas l'exaspérer, le rendre mauvais ? Le contraire ne lui paraissait pas naturel. Par
moments, elle eût voulu le voir agir en maître.

Le maître c'était elle, et elle savait bien qu'à
Chancenay on appelait le docteur *le mari de mademoiselle Gendrin*. Presque un sobriquet.

Lorsqu'elle demeurait seule un instant, elle rêvait,
non le rêve de la jeune femme qui voit *autre chose*
dans le bleu du ciel, mais le rêve de la femme *mûre*
qui a côtoyé le bonheur sans avoir pu le fixer.

Avec cela trop de fierté au cœur pour songer rien
qu'un instant à découvrir autour d'elle l'âme sœur
dont parlent les romanciers. Alice était liée par un
serment, serment prononcé devant Dieu et les
hommes en un jour de vanité et d'inquiétude morale,
mais bien sacré et indissoluble qui lui fermait les
yeux et suspendait les battements de son cœur.

Marcel souffrait trop pour s'apercevoir des souffrances de celle qu'il aimait. Et puis, tout médecin
qu'il était, il ignorait la femme : il y avait en lui de
l'éphèbe qui se désespère de ne pas voir la déesse de
pierre se jeter dans ses bras.

Marcel s'isolait chaque jour davantage ; il inventait
de longues courses à faire, des soins à donner fort
loin, pour rester absent la plus grande partie de la
journée et trotter le long des routes dans ce cabriolet qui était à lui, l'ayant payé bien cher, mais qui

ne valait pas le vieux tape-cul de l'auberge du Cal-
vaire dans lequel il avait fait de si beaux rêves
d'avenir alors qu'il entrevoyait la possibilité d'épouser Mlle Gendrin.

Pendant qu'il allait ainsi, presque sans but, la
cervelle broyée, le cœur tenaillé sourdement, Gendrin
accompagnait sa fille à la promenade, comme autrefois avant le mariage, et Marguerite, toujours rieuse
et bonne enfant, apportait la note gaie qui avait
l'air de sonner faux à côté de la voix triste d'Alice
et du timbre grave de M. Gendrin.

La promenade ordinaire était une longue allée
verte bordant le mur lézardé du parc du château et
plantée de gros hêtres noueux, qui montait jusqu'à
la Garenne, petit bois touffu, troué de clairières,
qui servait de rendez-vous de chasse aux châte-
lains.

Quelquefois on rejoignait l'abbé Glacheux qui
venait lire son bréviaire le long des hêtres, et
l'on cheminait alors de compagnie, lentement, les
pieds dans le gazon et le visage sillonné de longs
fils blancs accrochés aux troncs d'arbres. On parlait des champs, des récoltes et des choses de la
guerre.

Alice n'écoutait pas et Marguerite songeait à Elzéar
qui aurait bien pu venir, puisqu'il ne faisait rien.
Par moments il lui arrivait d'entraîner à sa pour-
suite le vieil entrepreneur dont les jambes étaient
encore solides.

Alors, pendant deux ou trois minutes, Alice restait
seule avec le jeune prêtre.

Ce dernier ne lisait plus et il allait, à côté de la jeune femme, sans trouver un mot à dire, sans détourner son regard, la main gauche appuyée à la ceinture de soie qui lui serrait la taille, l'index de la main droite gardant la page interrompue.

Sans être troublée par une réflexion à faire, un mot à répondre, Alice continuait le rêve indéfini ; les courses folles de Marguerite, les gros essoufflements du père, le tapis moelleux de l'allée, et les profils cagneux des gros arbres lui rappelaient les promenades de jadis et, par instants, elle s'oubliait à ce point qu'il lui semblait n'avoir jamais connu Marcel.

Une ombre noire la frôlait et, quelquefois, dans le silence, une bribe de phrase latine qui se terminait en mourant arrivait jusqu'à son oreille. Elle pensait alors que l'abbé Glacheux était à ses côtés, et cette réflexion à peine faite, elle retombait dans son rêve jusqu'à ce qu'un nouvel *adoremus* ou une exclamation bruyante de Marguerite vinssent l'en arracher.

Le jeune prêtre songeait, lui, qu'il était seul à côté d'une femme et que cette femme était belle. Il avait de petits tremblements qui secouaient le bréviaire entre ses mains et ses dents s'entre-choquaient, quelque effort qu'il essayât de faire pour se maîtriser. C'était nerveux.

Brusquement, lorsqu'Alice distraite mettait le pied dans un trou formé par une grosse pierre arrachée ou buttait contre une taupinière, il étendait la main gauche en avant comme pour la retenir, la préserver d'un danger quelconque ; puis, honteux, craignant d'avoir été remarqué, il reprenait tout à coup sa raideur, son pas automatique et ses queues de mots latins expirés entre ses lèvres.

Il n'avait pas un désir, mais tous les désirs à la fois. Il rêvait de la femme et n'osait rêver de Mlle Gendrin, la femme du docteur Férand.

Et c'était comme un souffle doux qui venait de la plaine noyée de soleil, filtrait entre les petites feuilles des gros arbres et leur caressait le visage.

Là-bas, au bout de la montée, à trois cents mètres, devant eux, M. Gendrin et la petite cousine leur faisaient de grands signes de bras pour les inviter à se dépêcher et lançaient des appels aigus avec accords de basse qui résonnaient dans l'allée verte comme un fifre couvert par un bugle.

Alors on se rejoignait et la promenade à quatre recommençait. M. Gendrin déclarait qu'il était rendu.

— Voilà ce que c'est, un vieux poussif qui veut encore faire le jeune homme. Ah ! l'abbé, si j'avais votre âge !... A propos, quel âge avez-vous ?

— Trente-deux ans, monsieur Gendrin.

Obligé de répondre haut, le jeune prêtre tremblait encore davantage et devenait presque cramoisi.

Un jour, à l'une de ces promenades, Alice perdit la bague qui lui venait de sa mère, le fameux anneau que M. Gendrin lui avait donné le jour du mariage. Sachant quel prix son père attachait à ce bijou et espérant l'avoir simplement égaré dans quelque vide-poches, la jeune femme ne parla pas de cette perte et sut trouver une raison quelconque pour expliquer l'absence à son doigt de ce précieux souvenir.

Pendant quelques jours, cela lui avait donné bien des inquiétudes, car Marcel lui-même avait manifesté sa surprise de ne plus lui voir porter l'anneau. Aussi avait-elle fait seule, deux fois, la promenade de l'allée verte, dans l'espoir de voir briller le bijou, sur le gazon ras.

La seconde fois, elle avait rencontré l'abbé.

Ils ne s'étaient jamais trouvés seuls ainsi.

Le jeune prêtre n'eut pas la fatuité de croire que la femme du docteur Férand était venue seule avec intention; Alice ne songea pas à tout ce qu'il pouvait y avoir de fâcheux pour elle dans cette rencontre fortuite.

— Monsieur l'abbé, lui dit-elle, quoique nous ne soyons pas au confessionnal, je vais vous confier un secret. Et d'abord, avez-vous de bons yeux ?

L'abbé rougit beaucoup plus que de coutume et balbutia quelque chose qui devait être un oui.

— En ce cas, vous allez chercher avec moi d'un bout à l'autre de l'allée; j'ai dû perdre ici une bague à laquelle je tiens beaucoup. C'est un anneau ancien...

— Un anneau de mariage ?

— L'anneau de mariage de ma mère.

— J'aurai des yeux de lynx.

— Rappelez-vous que pour quiconque ce bijou n'est pas perdu.

Le jeune prêtre éprouva une sorte de tressaillement en se sentant de moitié dans un secret de femme.

— Dois-je chercher près de vous ? demanda-t-il d'une voix si tremblante qu'Alice fut obligée de le remarquer.

Mais la perte de l'anneau la préoccupait trop pour qu'elle fît beaucoup attention à ce trouble du jeune homme.

— Cherchez le long du fossé, répondit-elle, moi je vais suivre à droite.

Et la conversation s'arrêta court.

Maintenant ils montaient tous deux, silencieux, la tête un peu baissée, fouillant du regard le tapis de verdure et ne s'interrompant dans cette besogne fastidieuse que pour se redresser de temps en temps et combattre la fatigue qui se faisait sentir.

Tout à coup l'abbé Glacheux aperçut l'anneau au pied d'un hêtre, dans une petite rigole moussue.

Avant de le ramasser il réfléchit.

Pourquoi ne conserverait-il pas ce bijou qui était à elle ? ce serait quelque chose comme un souvenir, et il attendrait à plus tard pour le lui rendre.

Le moment n'était pas encore venu.

Et, sans faire un mouvement qui eût pu le trahir, il remarqua l'arbre et se promit de revenir.

Au bout d'une heure, les recherches n'avaient pas donné de résultat, et l'on était arrivé à l'extrémité du mur du parc.

— Tous mes regrets, fit la jeune femme ; je vous ai fait perdre votre temps bien inutilement.

— Est-ce du temps de perdu que celui passé au milieu de ce calme reposant ? dit l'abbé en essayant de maîtriser l'émotion qui le prenait à la gorge.

— Vous aimez les champs ?

— Comme un écolier qui n'a jamais connu que les promenades tristes du séminaire.

— On dirait une pointe de regret...

— Oh! non, dit le jeune prêtre en se maîtrisant tout à fait, si mes joies ont été rares, je ne regrette rien, j'ai suivi ma vocation.

— Au moins ne voyez pas de curiosité dans une simple remarque.

— Cette remarque, je l'avais provoquée. Sans doute les rayons du soleil filtrant à travers le feuillage, le vert du gazon et le bleu du ciel évoquaient en moi une pensée triste. Je n'ai pas été assez maître de moi.

— Ah! fit simplement Alice.

Et la jeune femme se surprit à lire dans le regard du prêtre.

Leurs regards se rencontrèrent.

— Vous rentrez probablement par le chemin de la ferme? dit Alice après un moment. Le trajet est plus court.

Elle voulait maintenant revenir seule.

Le chemin de la ferme bifurquait brusquement derrière le mur du parc et pointait directement sur Chancenay-le-Petit.

— Au revoir, monsieur l'abbé, et merci pour votre peine. J'ai votre parole, vous savez...

Et, machinalement, elle lui tendit la main.

Il la prit et la tint un instant dans la sienne.

Au même moment une femme apparaissait derrière le mur venant du chemin creux.

C'était la Désirée.

XIV

La Désirée revenait de la ferme de Logues. Elle avait un prétexte : elle allait essayer de se procurer des pigeons pour la volière de la Tuilerie.

Le véritable motif était que, trois jours de suite, elle avait suivi le chemin creux derrière le mur du parc pour savoir quels étaient les promeneurs de Chancenay qui fréquentaient l'allée verte.

Maintenant elle était renseignée, elle n'avait pas besoin d'en voir davantage.

Et, toute raide, son panier au bras, elle continua de suivre le chemin creux, disparaissant bientôt derrière les guéluis en hauteur qui s'étendaient du parc aux premières maisons de Chancenay.

Comme elle n'avait pas fait un seul mouvement de la tête ou du corps, on pouvait croire que la grande brune n'avait rien vu.

— Pauvre monsieur Marcel, pensa la Désirée.

Depuis longtemps, la Désirée était fixée, mais elle ne croyait pas que cela en était arrivé là : des rendez-vous derrière le parc avec l'abbé Glacheux, un petit curé dont les yeux étaient noirs, mais bêtes, dont les cheveux étaient bruns, mais plats et huileux.

Eh! mais, madame cachait joliment bien son jeu.

Le pauvre docteur pouvait s'esquinter, courir les chemins du matin au soir, se geler de froid ou se tremper de sueurs; il y avait derrière lui un porteur de soutane qui venait faire de l'œil à Mme Férand, ou plutôt à Mlle Gendrin.

Et la Désirée marchait d'un pas rapide. Comme il était tout près de quatre heures, elle voulait rentrer à la Tuilerie avant que les carriers qui réparaient le garde-fou du petit pont du Lizeron n'eussent terminé le goûter qu'ils allaient prendre à Chancenay. Le chemin creux passait derrière le jardin de la Tuilerie et le petit pont du Lizeron était à deux cents mètres de la porte du jardin en avant du pays.

La Désirée était donc obligée de passer devant les ouvriers carriers pour rentrer à l'habitation et elle avait quelque inquiétude à ce sujet. Cela irait bien s'ils n'avaient pas terminé de goûter.

C'est qu'il y avait parmi eux un grand diable d'homme appelé Goussard qui se disait amoureux de la grande brune et avait juré qu'un jour ou l'autre il lui ferait voir le tour.

Il inspirait une grande terreur à la Désirée en

raison du propos ci-dessus et aussi parce qu'un jour,
à la tombée de la nuit, Goussard l'avait surprise et
lui avait plaqué sur le cou un baiser brûlant en lui
disant :

— Tu sais, il faudra bien que tu deviennes ma
femme...

C'était un rude gaillard, bien charpenté ; mais
quelle figure étrange d'amoureux et de mari ! Ah !
il en pouvait passer de l'eau sous le pont du Lizeron
avant que celui-là devienne son mari.

Cela n'empêchait pas qu'il lui faisait joliment peur,
et quand Goussard travaillait dans les environs, la
Désirée ne sortait pas de la Tuilerie. Il avait fallu
un bien vif sentiment de curiosité pour la faire aller
à la ferme de Lognes, et encore comptait-elle sur
l'heure du goûter.

Par hasard, ce jour-là, les carriers goûtaient sur
place, assis sur la berge du petit cours d'eau et dissimulés par les terres de remblai qui venaient en
pente douce rejoindre le parapet.

Aussi la Désirée s'avançait sans défiance, bien
certaine d'atteindre la porte du jardin avant l'apparition des carriers au bout de Chancenay, et elle
allait dépasser le pont lorsque Goussard lui apparut brusquement.

Elle poussa un cri et se mit à courir dans la direction du jardin dont la porte était restée fermée simplement au loquet. Le salut était derrière ce mur
qu'elle longeait en courant, poursuivie par une
phrase de Goussard :

— Tu sais, la brune, c'est pour aujourd'hui... et les esclaffements des carriers :

— Hardi, Goussard !... Y l'aura... l'aura pas... Chaud, chaud ; l'anguille va s'filer...

Il restait encore cinquante mètres à parcourir et Goussard gagnait visiblement du terrain. La Désirée fit un nouvel effort, jeta son panier dans les jambes de l'homme et essaya de redoubler de vitesse. En quelques secondes elle fut à la porte qu'elle poussa sans avoir le temps de la refermer, car Goussard était sur ses talons et elle sentait son souffle lui courir sur le cou.

— Tu sais, la brune, c'est pour aujourd'hui...

Avec cela que c'était un gars à reculer devant une pareille entreprise ; ça ne servirait pas à grand'chose de prier ou de se défendre ; il n'y avait plus qu'une ressource, c'était de continuer à appeler : peut-être arriverait-elle à se faire entendre.

Et la grande brune rassemblait ce qu'il lui restait de forces pour crier au secours, lorsqu'elle buta dans une grosse racine de coignassier et alla s'abattre lourdement sur l'estomac, les bras tendus en avant.

— Eh bien! tu vois, dit Goussard, ça ne sert à rien de t'échauffer comme ça.

La Désirée n'était pas fille à se trouver mal parce qu'elle se croyait perdue ; à peine remise de la secousse que sa chute venait de lui causer, elle se mit à souffler bruyamment pour reprendre haleine et, au moment où Goussard se penchait sur elle,

elle lançait un appel aigu dans la direction de l'habitation.

— Ah! coquine! dit Goussard en lui appliquant sa large main sur la bouche, tu trouves encore moyen de faire aller ta grelotte. Appelle maintenant, tu verras s'il vient à ton secours ton médecin de quatre sous. C'est-i vrai, c' qu'on dit, qu' tu en tiens pour lui? Il n'est pas mal le rougeaud, tu as un joli goût, ma fille, mais je me charge de te le faire passer. Ah! tu veux crier... comme si on voulait te faire du mal...

Et le carrier, qui s'était jeté brutalement sur la grande fille, lui emprisonnait les mains dans sa main énorme et lui couvrait le visage de baisers chauds qui sentaient encore le vin et le cervelas du goûter.

— Allons, voyons, disait le carrier devenu goguenard en pressentant la réussite facile, mets-y donc un peu de bonne volonté...

Désespérant de voir arriver du secours de l'habitation, la Désirée ferma les yeux et parut s'abandonner. Goussard allait en profiter lorsqu'un petit galop de cheval se fit entendre sur la route de Chancenay. La Désirée avait l'oreille fine et ce galop ne lui était même pas inconnu: c'était peut-être le docteur Férand qui rentrait. Forte de cette idée qui ne faisait que grandir en elle au fur et à mesure que le bruit du petit galop se rapprochait, la grande brune tenta l'impossible pour prolonger la résistance et, toute meurtrie, roulant sur les cailloux de l'allée, elle parvint à se dégager un peu la tête, puis, d'un coup rapide, elle mordit cruellement Goussard à la main.

Le carrier fit entendre un juron formidable et se souleva un instant, en ayant l'air de se demander s'il n'allait pas laisser retomber ce poing d'où partait le sang sur le visage de la grande fille.

Celle-ci en profita pour appeler au secours d'une façon désespérée.

— Ah! en voilà assez, dit Goussard rendu méchant par cette morsure qui lui rougissait la main ; tu vas te taire, ou je cogne...

Et il se jeta sur elle comme un fou.

Au même moment, Marcel apparaissait au fond du jardin, sur le perron. Il avait entendu l'appel de la Désirée, et maintenant il devinait la scène qu'il ne voyait qu'imparfaitement.

En deux secondes, il était sur Goussard qu'il frappait du manche de son fouet.

Goussard avait beau être amoureux et furieux, il n'était pas ivre et il raisonnait. Et puis, l'apparition soudaine du docteur lui en imposait. En un instant il comprit combien son action était criminelle et il se releva un peu penaud, mais non sans dire à la Désirée :

— Ça sera pour une autre fois, va, tu ne perdras rien pour attendre.

Puis, se tournant vers le docteur :

— D'ailleurs, la Désirée sait bien que tout ça c'est pour rire.

— Pour rire, dit Marcel en aidant la grande brune à se remettre sur ses jambes ; comment

diable faites-vous quand vous aimez pour de
bon!...

Goussard lança au docteur Férand un regard singulier.

— Dame, chacun aime comme il peut et quand il
peut; nous ne sommes pas comme vous qui pouvez
vous becqueter à votre aise et faire de jolies
phrases...

— Allons, sortez d'ici, dit Marcel, qui sentait percer une intention blessante dans la réponse du carrier.

— C'est vrai, je suis chez vous, dans la propriété
de votre femme ; eh bien ! on s'en va...

— Et si jamais tu t'avises de recommencer, fit la
Désirée en se rapprochant de Marcel, tu verras qui
est-ce qui te dénoncera.

— Mâtin! dit Goussard, toi aussi tu vas faire de
l'autorité ? pas étonnant si ça se gagne...

Et le carrier poussa la petite porte qui donnait
sur la campagne et disparut.

Alors la Désirée regarda longtemps son sau-
veur.

— Je savais bien que vous viendriez à mon secours.

— C'est assez naturel. Encore faut-il louer un
peu le hasard dans tout ceci : je comptais bien ne
rentrer qu'une heure plus tard, et alors...

— Je serais devenue folle !

— Est-ce que vous connaissez cet homme depuis
longtemps ?

— Voilà trois mois qu'il me poursuit ; il veut se marier avec moi.

— Eh bien ! si c'est un bon ouvrier.

— Je ne veux pas me marier comme ça sans aimer.

— Peut-être l'auriez-vous aimé plus tard...

Et, tout en parlant, Marcel soutenait la grande brune et l'aidait à regagner l'habitation.

— Enfin, c'est égal, dit la Désirée, lorsqu'ils furent arrivés au perron, sans vous...

Un reste de colère et de honte la fit fondre en larmes.

— ... Mais je ne pourrai donc jamais vous remercier !

— Je vous répète que c'est surtout le hasard qu'il faut remercier.

— Oh ! dit-elle, comment faites-vous donc pour être bon comme ça ?

Dans son esprit elle rattachait la scène de tout à l'heure, dans le jardin, avec celle du tantôt, derrière le mur du parc.

Elle reprit :

— Des hommes comme vous méritent bien d'être heureux.

Marcel l'enveloppa d'un regard froid qui devait arrêter net ce commencement d'épanchements.

La Désirée comprit et se tut.

En haut du perron, Mlle Gendrin venait d'apparaître.

Les deux femmes se regardèrent un instant et de

9

telle façon qu'à la seule inspection du visage il eût été difficile de dire :

Voici celle qui domine.

Voilà celle qui est dominée.

XV

Le soir même la Désirée essaya de recommencer la scène qu'elle avait manquée dans la maison des Chavin, le jour de la fameuse réception. Marcel eut un mot brutal :

— N'oubliez pas que vous êtes maintenant la bonne de madame Férand.

La Désirée comprenait enfin que le docteur ne voulait pas d'elle et qu'elle perdait son temps dans des admirations muettes ou des crises de nerfs désormais sans objet. Marcel aimait trop sa femme pour songer à une trahison. Marcel dédaignait l'amour profond et intense de la grande brune ; il la renvoyait à Goussard par une phrase ironique :

— Une autre fois, soyez moins difficile..

Cela était blessant et cruel ; la Désirée se sentit profondément humiliée.

Ah çà! voulait-on qu'elle devînt mauvaise dans cette maison où l'homme qu'elle aimait lui préférait une autre femme qui n'aimait pas, et qui peut-être trahissait ?

De son côté, Mlle Gendrin avait fait une découverte alors que, du haut du perron, elle avait vu revenir la Désirée appuyée au bras du docteur Férand. Le regard de cette fille était assez expressif et il apprenait bien des choses à l'indifférente Alice. Pourtant cette dernière était trop fière pour s'en expliquer, et il avait fallu toute la sollicitude du père Gendrin pour savoir quelque chose.

Une après-midi qu'ils étaient seuls dans le petit salon donnant sur le jardin, Gendrin inquiet avait interrogé sa fille.

— Voyons, depuis quatre mois j'assiste à un phénomène curieux que je ne suis pas encore parvenu à m'expliquer. Tout le monde autour de moi, à commencer par ma fille, est impénétrable ; les regards sont froids, les mines composées, chacun se tient à distance et je ne sais quoi de cérémonieux et de glacial est entré dans ma maison devenue la tienne. Comme cela date de ton mariage, il me faut donc chercher de ce côté la cause d'un pareil changement de décors. Je vois toujours à peu près les mêmes personnages, mais les visages ont changé : tu es moins expansive, Marguerite est moins rieuse, et moi-même, à ce contact, j'ai dû prendre une figure d'enterrement. A vrai dire, et pour ce qui me concerne, les affaires de notre malheureux pays y sont bien pour quelque chose ; mais pour toi, jeune ma-

riée de quelques mois, le désastre de Sedan et la
nouvelle de l'invasion ne sont pas suffisants pour te
faire descendre ainsi un crêpe sur le visage. Votre
lune de miel est brouillée depuis le premier jour, et
il faut bien qu'il y ait quelque chose, ou je ne m'y
connais pas.

— Oui, mon père, il y a quelque chose, répondit
résolument Mlle Gendrin; il y a que je n'aime pas
monsieur Férand.

— Ah !

Et M. Gendrin eut tout à la fois dans le regard un
éclair de tristesse et de satisfaction. Lumière crue
du soleil dans un ciel noir.

— Tu n'aimes pas ton mari ?

— Non.

— Diable ! fit le père après réflexion

— Ne me demandez pas pourquoi je n'aime pas
monsieur Férand, je l'ignore. Je sais que mon mari
est digne de moi; je le vois m'aimer, m'entourer de
soins respectueux, me prodiguer des trésors de tendresse, et pourtant, à son approche, j'éprouve un
sentiment de répulsion que je ne puis vaincre. Toute
sa tendresse me pèse, ses soins respectueux me
sont indifférents, son amour me semble ridicule.

— Diable ! fit une seconde fois M. Gendrin. Et tu
n'es pas heureuse ?

— Si, puisque je suis toujours auprès de vous
comme autrefois.

— Chère enfant !

— Vous m'avez toujours tant aimée que, même
par la pensée, je n'aurais pu me séparer de vous un

seul jour ; vous avez été et vous êtes resté pour moi
le père que l'on chérit et respecte, la mère que l'on
vénère et qu'on aime.

— La mère !...

— Oui, vous avez su remplacer celle que le destin ne m'a pas fait connaître et vous l'avez toujours
fait avec une délicatesse telle que, sans fausse
honte, j'ai pu vous confier tous mes secrets de jeune
fille et vous apprendre aujourd'hui un secret de
femme que l'on hésite quelquefois à dire à une
mère. Peut-être le sentiment de reconnaissance que
j'éprouve est-il assez grand pour m'empêcher d'en
ressentir un autre aussi profond, mais que mon
cœur n'a pas encore compris.

— Merci pour celle qui n'est plus, dit Gendrin en
attirant sa fille tout près de lui. Et ton mari ?

— Il souffre, cela est visible, mais je me sens
incapable de porter remède à ses souffrances. Nous
avons commis l'un et l'autre une erreur grave le
jour où nous avons prononcé le oui sacramentel :
lui, en supposant que je l'aimais ; moi, en pensant
que je pourrais l'aimer un jour.

— Pardonne-moi si je t'interroge encore ; mais
ton bonheur me paraît en jeu et plus sérieusement
que tu ne le crois : quelles explications ton mari te
demanda-t-il lorsqu'il put se rendre compte de
l'erreur en question ?

— Monsieur Férand espère tout du temps et surtout de sa patience qui est admirable ; il eût été
trop cruel à moi de lui déclarer qu'il n'avait pas à
espérer...

— Et pourtant, aucun changement depuis quatre mois ?

— Aucun, si ce n'est un peu plus de tristesse pour lui, un peu plus d'inquiétude pour moi.

— C'est bien là tout ce que tu avouerais à ta mère ?

— Tout.

— Jure-le sur cet anneau qui vient d'elle.

Alice ne put s'empêcher de rougir légèrement.

— L'anneau est dans ma chambre...

— Tu sais que j'aime à te le voir porter.

— Mon père, dit gravement la jeune femme, un pareil mensonge est indigne de moi. Pardonnez à votre fille : le bijou est perdu.

— Perdu !

— Dans l'une des promenades faites à l'allée verte.

— C'était tout ce qui nous restait d'elle, fit Gendrin avec une tristesse inexprimable.

Puis, après un moment de silence :

— Ne jure donc pas ; dis-moi simplement que tu n'as rien de plus à m'avouer ?

— Rien, répondit la jeune femme en tendant son front.

Gendrin l'embrassa longuement.

Au milieu du silence, troublé seulement par le bruit des baisers, Alice crut distinguer comme un frôlement de jupes derrière la porte du salon.

— Ecoutez, dit-elle presque bas, quelqu'un est là à cette porte.

— Tu crois ?

— Je l'affirme, nous sommes espionnés.

— Mais qui te fait supposer ?...

— Il m'est arrivé déjà de surprendre l'une des bonnes, la Désirée, regardant par le trou de la serrure dans le cabinet de monsieur Férand.

— Ah ! fit Gendrin en examinant curieusement sa fille. Et tu as prévenu ton mari...

— Pourquoi faire ? dit la jeune femme avec un éclair de fierté dans le regard.

— Ou bien tu songes à renvoyer la Désirée.

— Peut-être.

— Tu aurais tort.

— Vous dites, mon père ?

— Je dis que tu aurais tort, car cela donnerait à penser que tu es jalouse.

— Jalouse...

— Et quand on est pris par la jalousie, c'est qu'on aime ou que l'on est tout près d'aimer

— Eh bien ! vous vous trompez, fit Alice ; ce n'est pas un sentiment de jalousie que j'éprouve ; mais une rivalité semblable me paraîtrait tellement ridicule que j'aurais bien le droit de m'en montrer offensée.

— Tu serais dans le faux, puisque tu n'aimes pas ton mari.

— Cela ne m'empêche pas d'être la femme du docteur Férand.

— Crois-tu donc le docteur Férand capable d'oublier qu'il est ton mari ?

— Qui sait!

— Qui sait ? Quelque chose s'y oppose : il t'aime

et de toute la force d'un cœur qui ne s'est jamais donné; c'est ainsi que je le juge. Souviens-toi que c'est seulement lorsque le cœur n'est attaché nulle part qu'il risque de tourner au moindre souffle.

— Oh! père! fit Mlle Gendrin avec un reproche triste.

— Prends garde, dit Gendrin gravement, le verrou tiré sur l'amour du mari, c'est la porte ouverte à un autre amour...

— C'est vous qui me dites cela ?...

— Je te préviens, voilà tout.

A ce moment le petit bruit fait à la porte recommença.

— Entendez-vous, cette fois ? dit Alice en se levant doucement.

Gendrin n'avait rien entendu et demeurait persuadé que sa fille était tourmentée par un commencement de jalousie. Toutefois, dans le but de la tranquilliser et de lui montrer son erreur, il se dirigea avec mille précautions vers la porte, le bruit de ses pas étouffé par la laine des tapis. Puis il ouvrit brusquement.

La porte rencontra un obstacle et des jupes apparurent un instant, en même temps qu'un petit cri de surprise se faisait entendre.

— C'était vrai, dit Gendrin en revenant auprès d'Alice toute pâlie et tremblante.

XVI

Trois semaines après cet incident, c'est-à-dire vers
fin octobre, plusieurs nouvelles graves arrivèrent à
Chancenay, et *la Rurale*, dans un numéro encadré
de noir, annonça la capitulation de Metz et l'approche des Prussiens vers la Loire.

La situation devenait tout à fait critique.

Ce diable de numéro, avec sa large bande noire,
son titre en capitales carrées et l'annonce en lettres
de trois centimètres de la CAPITULATION DE METZ, avait
quelque chose d'attirant et de sinistre. On eût dit
le tocsin sonné à la vieille église, avec un crêpe
tendu du haut en bas du porche.

Encore la feuille dirigée par le sieur Langlade
contenait-elle quelque autre chose : un long article
avec ce titre : *La Patrie en danger*, quatre-vingts

lignes de copie passablement indigestes et décla-
matoires se terminant par un vœu qu'exprimait l'auteur anonyme de l'article ; il ne s'agissait rien moins
que de l'appel sous les drapeaux des prêtres ou des-
servants âgés de 25 à 40 ans, « lesquels feraient
» certainement meilleure figure à l'heure actuelle
» sous l'uniforme, à côté de leurs frères, que sous
» la soutane, en compagnie de belles désœuvrées
» rencontrées à la promenade en l'absence de quelque
» mari jobard et sous l'œil d'un père complaisant. »

A Paris ou dans une grande ville, cette dernière
phrase n'eût voulu rien dire ; à Chancenay, dans ce
chef-lieu de canton isolé, semi-paysan, semi-bour-
geois, cela cachait quelque vilenie.

Aussi s'empressa-t-on, dans les études du notaire
et de l'huissier, au café du Commerce et chez le percepteur, de chercher à quels personnages *la Rurale*
entendait faire allusion. Cela ne fut ni bien long ni
bien embarrassant à trouver ; en dehors de la Désirée, quelques bonnes âmes avaient déjà fait des
remarques au sujet des promenades de l'allée verte ;
promenades dont le vieil entrepreneur était le plus
souvent, mais dont le docteur Férand n'était jamais ;
et, tout d'un coup, d'un bout du pays à l'autre, deux
noms circulèrent : l'abbé Glacheux et Mlle Gendrin.

Pourtant rien ne transpira à la Tuilerie et, vers
trois heures, lorsque Marcel traversa la place de
l'église pour aller voir un malade au bout des Bordes, il ne se trouva personne d'assez osé pour glisser même une insinuation. Le docteur Férand n'a-
vait pas d'ennemis.

La marraine Hautecœur, qui le vit passer de sa fenêtre, n'osa pas lui faire signe d'entrer de peur de lui faire trop de mal en lui disant trop ou trop peu.

Il n'y avait qu'à laisser faire; Marcel était bien assez grand garçon pour se faire justice.

Et Marcel vécut jusqu'à l'heure du dîner sans rien savoir, sans rien lire sur le visage de ceux qu'il rencontrait, et n'ayant même pas la curiosité de lire ce fameux numéro de *la Rurale* bordé de noir que les paysans emportaient dans leur hameau.

Ce fut seulement au moment de passer dans la salle à manger qu'il aperçut sur son bureau le journal placé là par une main de femme, de femme ayant juré de se venger. L'article était encadré de rouge et les dernières lignes soulignées.

Tout d'abord Marcel ne comprit pas bien clairement; pourquoi lui signalait-on ces trois lignes qui ne présentaient tout d'abord pour lui qu'une observation générale? En quoi cela pouvait-il l'intéresser plus particulièrement que d'autres?

Il relut quatre ou cinq fois la mystérieuse phrase sans arriver à s'expliquer ce qu'il considérait comme une remarque de journaliste en quête d'arguments. Et Marcel trouvait même la remarque fort judicieuse : certainement tous ces jeunes prêtres, fraîchement sortis du séminaire, feraient beaucoup mieux sur les champs de bataille que devant l'âtre du presbytère, entre le gros chat blanc frileux et la gouvernante traditionnelle.

Mais aussi pourquoi attirait-on son attention tout particulièrement sur cette fin d'article? N'y avait-il pas quelque intention mauvaise? Quelque chose qui lui fût personnel? De quelles promenades voulait-on parler?

Toutes questions qu'il s'adressait et qui commençaient à le tracasser : simplement le tracas de ne pas savoir ce que cela voulait dire, car il était très éloigné de rien soupçonner.

Enfin, comme il allait quitter son cabinet, la Désirée était venue le prévenir qu'on n'attendait plus que lui pour se mettre à table.

— Savez-vous, dit Marcel, qui a pu déposer ce journal sur mon bureau?

— Non, répondit-elle sans qu'on pût voir tressaillir une ligne du visage ; sans doute quelqu'un venu tantôt en consultation.

L'explication parut vraisemblable au docteur Férand et il passa dans la salle à manger.

La première personne qu'il aperçut fut l'abbé Glacheux.

L'abbé venait toujours dîner de temps en temps à la Tuilerie. Il était venu rendre visite dans l'après-midi et Gendrin l'avait prié de rester.

L'abbé Glacheux n'avait pas lu le numéro de *la Rurale*, et personne chez Gendrin, à l'exception de Marcel et de la Désirée, ne connaissait l'article.

Cette visite du curé et l'invitation à dîner faite par Gendrin, tout cela était fort naturel ; néanmoins, à la vue de l'abbé Glacheux, Marcel fut frappé d'une sorte de pressentiment.

Et sur son visage qu'il avait naturellement pâle,

le jeune docteur sentit monter le rouge ; une première fois les dents lui claquèrent fortement.

Mon Dieu, était-il enfant ! Comme ça, tout d'un coup, il se sentait frappé en pleine poitrine.

Est-ce que l'article était réellement pour lui ?

Qui donc pouvait avoir l'idée de soupçonner la femme du docteur ?

Mais, lentement, cette infamie lui entrait par tous les pores et, seconde par seconde, la clarté se faisait en lui, l'article devenait lumineux, il lisait entre les lignes.

Tout à coup, et cela lui fit l'effet d'un coup de maillet sur le crâne, il pensa que les habitants de Chancenay et des villages voisins devaient avoir lu ce numéro de journal et que, sans doute, quelque méchante langue aidant, chacun avait pu placer des noms au-dessus des mots.

C'était épouvantable.

Et pendant que, dans les cafés, autour des tables d'auberge, dans le salon des petits rentiers et des fonctionnaires, on parlait peut-être en plaisantant de l'abbé Glacheux et de la belle Mlle Gendrin, comme on s'obstinait à dire, lui, le mari, était là, à table, entre l'épouse et le curé.

Avec cela, personne n'avait l'air de rien savoir autour de lui. Gendrin avait sa figure largement épanouie des jours heureux, la petite cousine Marguerite avait des velléités de révolte joyeuse et jacassait de façon presque turbulente, l'abbé causait des événements politiques en bon patriote. Et Alice conservait sa froideur habituelle. La vieille mar-

raine Hautecœur, qui était également du dîner ce
soir-là, ne laissait rien percer sur son visage qui pût
faire supposer que, de près où de loin, elle était au
courant.

Ce dîner était pour Marcel une véritable torture.
Il mangeait pour faire comme tout le monde, mais
sans trop savoir ce qu'il prenait. De temps en temps,
à la dérobée, il regardait sa femme et l'abbé, s'ima-
ginant surprendre quelque chose; à d'autres moments son regard avait l'air d'interroger la marraine
Hautecœur ou Gendrin en qui il avait la plus parfaite confiance.

Rien ne bougeait sur ces physionomies placides.

Alors, en se voyant un instant dans la glace de la
cheminée, il avait de la peine à se reconnaître: ses
yeux étaient ceux d'un halluciné, d'un idiot, et ses
gestes avaient quelque chose d'automatique.

Etait-ce raisonnable de se faire du mal ainsi sans
être absolument certain de rien? Au fond, l'article
de *la Rurale* devenait-il plus clair parce que l'abbé
Glacheux dînait chez lui ce jour-là?

Marcel se raidissait, se traitant de fou et de misérable. En effet, comprendre l'article c'était soupçonner Alice, et, tout bas, il demandait pardon à sa
chère femme, à celle qu'il aimait et adorait comme
d'autres aiment et adorent un dieu.

Et le dîner se poursuivait dans un ronron mono-
tone: des phrases courtes, aiguës ou doucereuses qui
ne voulaient presque rien dire, et par-dessus lesquelles cette grande conversation sur les choses de
la guerre mettait sa note grave. On parlait du géné-

ral d'Aurelle de Paladines et de cette armée de la
Loire qui s'avançait sur Coulmiers, on commentait
la reddition de Metz, et Gendrin racontait, d'après
des papiers reçus de Tours, le départ de Gambetta
en ballon.

Marcel écoutait, l'esprit ailleurs ; par intervalles
une phrase banale s'échappait de ses lèvres.

A un moment, comme il essayait de se rasséréner,
il aperçut à la main d'Alice l'anneau qu'elle ne
portait plus depuis quelques semaines et pour
cause.

— Ah! dit-il, vous avez bien fait de reprendre
cette bague ; cela me rend heureux.

— Tiens, observa Gendrin, elle est donc retrouvée?

Alice sentit le carmin lui monter à la joue, et
l'abbé Glacheux eut un mouvement des sourcils très
accentué.

Marcel remarqua le mouvement et aperçut le
rouge.

— La bague était donc perdue? demanda-t-il.

— En effet, fit Mlle Gendrin redevenant elle-même,
elle avait été perdue dans l'une de nos promenades
à l'allée verte, et c'est tout justement M. l'abbé Glacheux qui, l'ayant retrouvée par hasard, me la rap-
porte aujourd'hui.

Marcel, qui était demeuré très pâle en écoutant
cette réponse faite d'une façon très calme, devenait
pourpre en entendant prononcer par sa femme le nom
de l'abbé Glacheux.

La marraine Hautecœur était fixée, maintenant ;

le docteur Férand avait lu. A partir de ce moment son inquiétude devint fébrile.

— Ah! c'est vous, monsieur Glacheux... dit Marcel qui craignait subitement d'étrangler.

Puis après un moment, le temps de retrouver un peu de salive :

— Mme Férand a dû vous dire combien nous tenions à ce bijou...

Il voulait encore parler pour cacher le trouble qui l'envahissait, mais il ne lui venait que des mots insignifiants, des phrases ridicules sur « le hasard qui » vous fait rentrer en possession d'un objet qu'on » croit à tout jamais perdu... »

Tout en disant ces riens idiots, il voyait danser devant lui dans la lumière jaune de la lampe des millions de numéros de *la Rurale*, dont le titre gras grimaçait au-dessus de l'article : *La Patrie en danger*, et les quatre lignes bâtonnées de rouge ressemblant à une lueur d'incendie.

Pouvait-il douter maintenant? Est-ce que l'article ne visait pas clairement les promenades de *l'allée verte* dont on lui parlait si peu?

Ah! certes, il n'accusait personne autour de lui: il respectait trop l'épouse et ne jugeait pas le curé assez dangereux; mais songer qu'il était peut-être la risée du monde et qu'on croirait à son malheur, un malheur dont les autres s'amusent avec égoïsme, cela l'affolait et lui troublait à nouveau le regard.

Et c'était ce misérable Langlade, meurt-de-faim déterré par Alcide Maron dans une officine réactionnaire, qui tentait d'ajouter à sa politique républicaine le commérage de petite ville, l'insinuation perfide que l'on peut toujours arrêter avec l'offre de quelques louis.

Un second métier greffé sur le premier.

De quoi manger à sa faim.

Pour celui-là son affaire était claire : Marcel se promettait de lui fermer la bouche de certaine façon.

Cette idée d'aller trouver *le citoyen* Langlade, comme il était dit en tête de *la Rurale*, faisait des progrès rapides dans l'esprit de Marcel ; c'était une besogne à ne pas remettre au lendemain ; le dîner s'achevait tant bien que mal, huit heures sonnaient en ville, le moment était bon. D'ailleurs le docteur Férand avait besoin de prendre l'air : cela faisait tout près de deux heures qu'il suffoquait.

— Tiens, vous sortez ? demanda Gendrin à son gendre en le voyant se lever de table.

— Oui, une visite que je suis obligé de faire ce soir.

— Dans Chancenay ? demanda à son tour Mᴵˡᵉ Gendrin.

— Oui, dans Chancenay.

— Ne soyez pas trop long, cousin, fit Marguerite ; vous savez que Mᵐᵉ et M. Chavin doivent venir passer la soirée, ainsi que la famille Goblet et le pharmacien... votre complice.

Marcel essaya de sourire.

— C'est l'affaire d'une demi-heure, dit-il, à bientôt.

Dans le vestibule, la vieille demoiselle Hautecœur l'avait suivi.

— Est-ce que tu vas réellement voir un malade? dit-elle.

— Peut-être un mort, fit Marcel en s'essuyant le front.

— Je te comprends.

— Non, marraine.

— Si ; tu pars avec l'intention de tuer quelqu'un.

— Ah! vous savez donc ?

— Oui.

— Et vous m'approuvez ?

— Certainement ; seulement, veux-tu me permettre un rapide conseil ?

— Je vous en prie.

— Va dicter tes conditions au polisson qui veut t'insulter et remets le coup de revolver à demain. Tu peux faire cadeau d'un jour.

— Vous avez peut-être raison, mais je ne promets rien, les circonstances décideront.

Marcel sortit après s'être muni d'une arme de poche qu'il avait achetée à son arrivée à Chancenay pour assurer sa tranquillité alors qu'il revenait de tournées lointaines faites la nuit dans la campagne, et se dirigea par la rue Neuve et la grand'rue vers la place du marché, où était le bureau du journal.

Chemin faisant, l'air frais d'octobre vint calmer un peu l'emportement de la première heure, et Marcel réfléchit qu'un coup de revolver ne viendrait rien changer dans la situation qui lui était faite. Est-ce qu'il n'aurait pas pu demander conseil à quelqu'un de calme avant de partir ainsi à la recherche de Langlade? Se reconnaître outragé, n'était-ce pas recon-

naître en même temps que la femme du docteur Férand avait commis au moins une inconséquence :
celle de se promener, ne fût-ce qu'une fois, avec
l'abbé Glacheux ?

Mais, tout en se disant ces choses réfléchies, Marcel marchait toujours et, lorsqu'il fut en face du bureau de *la Rurale*, toutes ses idées de vengeance re-
prirent le dessus.

Le citoyen Langlade était absent, il était allé fumer un cigare au café du Commerce.

Marcel s'arrêta quelques instants sur la place, se
demandant cette fois ce qu'il allait faire. Fallait-il
éviter le scandale à tout prix ou bien aller jusqu'au
bout? Tout à coup il parut prendre un parti et entra
au café du Commerce.

Une trentaine de personnes dans une grande salle ;
des joueurs de billard et d'écarté, un groupe de
vieux regardant une partie de jacquet ; autour d'un
grand poêle de fonte, sept ou huit personnes discu-
tant les actes du gouvernement de la Défense nationale ; dans le fond, une demi-douzaine de paysans
attendant l'heure du train pour Bossignies.

Sur le tout un brouillard de fumée et comme de
légers nuages d'un blanc jaunâtre que les joueurs
déplaçaient en tournant autour du billard.

Marcel pria la caissière de lui désigner le citoyen
Langlade ; il se rappelait si peu ce personnage qu'il
avait pourtant reçu une fois à sa table.

Le *citoyen directeur* pérorait au milieu du groupe
qui avait pris à partie le gouvernement.

— Monsieur, lui dit Marcel, c'est bien vous qui

êtes monsieur Langlade, le rédacteur du journal *la Rurale?*

Le petit homme chauve à lunettes fit un signe de la tête et continua de fumer.

— Moi, monsieur, je suis le docteur Férand, le mari de Mme Férand que l'on a vue se promener en compagnie de son père, de sa cousine et de l'abbé Glacheux.

Et sans attendre une réponse, Marcel souffleta le petit homme.

Tout le monde s'était levé, le rédacteur de *la Rurale* criait à l'assassin. Marcel venait de tirer son revolver.

— Maintenant je vous préviens de ceci : c'est que si demain à midi vous n'avez pas quitté Chancenay avec l'intention de n'y plus remettre les pieds, je vous brûle la cervelle...

Puis Marcel se dirigea vers la porte sans que le citoyen Langlade eût essayé de faire un mouvement ; au moment de sortir il se retourna encore, escorté par quelques personnes de connaissance qui lui serraient la main :

— A demain, monsieur de Langla, et surtout ne songez pas à vous recommander de mon ami le citoyen Alcide Maron.

Et Marcel disparut.

A la même heure, on commençait à avoir quelque inquiétude à la Tuilerie ; cette inquiétude était multiple : Marcel ne rentrait pas, la marraine Hautecœur paraissait vivement agitée et aucun des invités n'était venu, ni les Chavin, ni les Goblet, ni le pharmacien.

Que pouvait signifier tout cela ?

— Voyons, fit Gendrin en s'adressant à la vieille demoiselle, vous nous cachez quelque chose ; vous devez savoir où est allé Férand ? Je n'ai rien dit, mais, pendant le dîner, il m'a paru singulièrement troublé...

— En effet, répondit la marraine Hautecœur...

Mais au moment de commencer une explication quelconque, elle aperçut sur la table du salon le numéro de *la Rurale* ouvert à l'article bâtonné de rouge et placé là par la même main qui l'avait une première fois déposé dans le cabinet de Marcel.

La vieille demoiselle ne put retenir un mouvement de surprise, et un sentiment douloureux lui envahit le visage.

Alice remarqua le mouvement et lut sur la physionomie de la bonne dame.

— Qu'y a-t-il donc ? demanda-t-elle.

Et elle prit sur la table le numéro déplié.

— Non, ma fille, ne lisez pas cela, fit la marraine en essayant de prendre la feuille.

Mais Alice s'en était emparée brusquement et, courant tout d'abord aux lignes soulignées, elle avait lu à haute voix :

« .... Ces prêtres feraient certainement meilleure » figure à l'heure actuelle sous l'uniforme, à côté » de leurs frères, que sous la soutane, en compa- » gnie de belles désœuvrées rencontrées à la pro-

» menade en l'absence de quelque mari jobard et
» sous l'œil d'un père complaisant. »

— Oh ! fit Alice, on a pu croire...

Et elle se sentit défaillir entre les bras du père
Gendrin.

En reprenant ses sens, elle aperçut Marcel à ses
côtés, et l'abbé Glacheux n'était plus là...

XVII

Le lendemain on apprit à Chancenay une chose assez stupéfiante : le citoyen Langlade était parti pour Bordeaux par un train de nuit.

Langlade disparu, *la Rurale* cessa de paraître, les contrevents furent mis au bureau du journal et les imprimeurs se dispersèrent sans avoir pu obtenir la saisie et la vente des machines, le juge de paix ayant considéré ce matériel comme propriété de la commune et conséquemment insaisissable.

Ainsi finit à Chancenay l'essai de propagande républicaine tenté par l'enthousiaste Alcide Maron.

A la Tuilerie on faisait la part du feu, et le dernier incident y était apprécié de diverses façons.

Gendrin, qui avait craint *cette porte ouverte à un autre amour*, ne savait que penser au sujet de l'an-

neau si singulièrement perdu et si étrangement retrouvé par l'abbé Glacheux. Dieu merci, il n'en était
pas à soupçonner, mais il trouvait que l'article de
la Rurale était arrivé fort à point.

Alice s'attendait à une demande d'explications.
Dans son ignorance de la vie, elle s'exagérait l'importance de faits d'ailleurs parfaitement explicables
et cette importance admise elle se croyait soupçonnée. Est-ce que Marcel ne l'avait pas interrogée
au sujet de la bague, essayant de lire sur son visage
et sur celui de l'abbé? Le départ un peu brusque
de ce dernier ne donnait-il pas beaucoup à penser ?

Si Marcel ne disait rien, c'est que peut-être il s'oc-
cupait à rassembler des preuves.

Les preuves de sa liaison avec l'abbé Glacheux !..

En effet, tout était contre elle. Ce sentiment de
répulsion qu'elle éprouvait pour son mari, cette
froideur avec laquelle elle accueillait les marques de
sa tendresse, le désœuvrement dans lequel elle vivait, l'isolement de Marcel, isolement qui était son
fait à elle, tout expliquait la jalousie qu'elle voyait
poindre, tout excusait le soupçon qu'elle croyait
sentir percer.

Et plus ce sentiment de jalousie lui paraissait
fondé, plus ce soupçon lui semblait excusable, plus
elle se trouvait offensée.

Ainsi cet homme qui prétendait l'adorer, cet
homme qui lui avait dit être prêt à faire pour elle
le sacrifice de sa vie, cet homme prenait prétexte
du premier incident venu pour croire à la calomnie,

et voir une coupable peut-être en l'épouse jusqu'ici
respectée.

Est-ce que le docteur Férand se serait décidé à
l'algarade du café du Commerce s'il n'avait pas cru
à cette culpabilité ?

Ainsi montée, puisque le mari ne demandait pas
d'explications, l'épouse allait en provoquer.

Elle ne pouvait ainsi demeurer soupçonnée.

— Savez-vous, lui dit-elle, après avoir choisi le
lieu et le moment, savez-vous que c'est tout à fait
chevaleresque ce que vous avez fait hier ? Un peu
moins de réflexion de votre part et le calomniateur
était un homme mort. Oh ! vous vous demandez
sans doute qui a pu me conter tout cela, ne cherchez pas ; on a supposé que je serais heureuse de
connaître votre brillante expédition et la nouvelle
m'en est arrivée rapidement. Par modestie probablement vous n'aviez pas cru devoir m'en dire un
mot : le moyen était bon pour éviter les remerciements ; il est des héros qui ne divulguent pas aisément les grandes actions qu'ils accomplissent, c'est
un tort, car ces grandes actions arrivent quelquefois
amoindries, le but n'apparaît plus aussi clairement
qu'il conviendrait, et les remerciements restent en
chemin faute de s'entendre.

Marcel un peu surpris laissait passer cette ava-
lanche de mots souvent ironiques ; il ne comprenait
pas encore.

— Je sais maintenant, poursuivit froidement
Mlle Gendrin, que je puis faire fonds sur votre courage et je demeure persuadée que si, aujourd'hui à

midi, le triste personnage que vous aviez l'intention
de châtier n'avait pas quitté Chancenay, vous eus-
siez parfaitement tenu votre promesse, coûte que
coûte. Peu soucieux de scandale, aucune considération ne vous eût arrêté...

Ici Marcel crut avoir mal compris.

— Vous dites aucune considération ? En était-il
une seule assez sérieuse pour m'arrêter ?

— Relever une semblable calomnie c'était ajouter
foi à ce que disait le calomniateur.

— Permettez-moi de penser différemment. Avant
d'agir j'ai réfléchi ; avant de devenir peu soucieux
de scandale, comme vous dites, j'ai pesé mûrement
le pour et le contre et, aujourd'hui qu'une sorte de
satisfaction est obtenue, j'ai la ferme conviction
d'avoir fait ce qu'un honnête homme outragé avait
le devoir de faire.

— Eh bien ! fit la jeune femme que le calme aban-
donnait visiblement, jouissez de votre triomphe et
proclamez-le à son de trompe ; vous avez bien voulu
admettre que le journaliste de *la Rurale* s'était occupé uniquement de nous, que son article nous visait spécialement ; dans la *belle désœuvrée* vous avez
tout de suite reconnu votre femme, vous savez qui
est le *père complaisant* et vous acceptez d'être le
mari jobard. On pouvait en douter, maintenant on
n'en doute plus, vous avez fait la preuve.

Pour la première fois, Marcel ressentit un mouvement de colère dont Alice était cause. Ce ne fut
pourtant qu'un éclair et il sut rester maître de lui.

— Je m'aperçois que j'ai eu tort, dit-il, puisque ma conduite a pu vous déplaire.

— Vous étiez le maître, vous aviez le droit d'agir à votre guise. Peut-être aussi aviez-vous cru que je verrais avec plaisir et orgueil vos exploits de brave chevalier. Vous avez été aveuglé par le rôle à jouer, rôle de paladin à panache, et vous n'avez pas vu que le soupçon atteignait votre femme.

— Encore une fois c'est s'abuser étrangement que de croire cela. Si quelqu'un osait vous soupçonner...

— Avez-vous donc fait autre chose vous-même ?

— Oh ! fit Marcel, prenez garde ; ajouter un mot serait odieux !

— Agir ainsi que vous l'avez fait ne l'est pas moins.

Marcel se croisa les bras, atterré :

— Vous me haïssez donc bien ? demanda-t-il douloureusement.

En effet, tout est là : vous ne m'aimez pas. Ah ! si vous m'aimiez, non pas comme je vous aime, ce serait demander trop, mais d'un amour simplement confiant, toutes ces choses eussent été évitées, et vous n'auriez pas à vous reprocher à cette heure une parole dont la cruauté peut blesser mortellement.

— Il est aisé de s'en consoler, fit Mlle Gendrin avec une expression singulière.

— Je ne vous comprends pas, dit Marcel.

— C'est que vous voulez oublier les regards étranges d'une fille depuis longtemps à votre service...

— Ah ! la Désirée...

— Je ne vous ferai pas l'injure de me montrer jalouse de cette fille. Je constate simplement qu'il est assez peu dans votre rôle d'accepter sans contrôle des histoires bêtes et odieuses et de vous montrer étonné qu'un anneau ait pu être perdu et retrouvé.

Marcel se sentit au cœur une angoisse terrible. Pendant quelques instants il n'eut pas la force d'articuler une parole.

Enfin, redevenu maître de lui, il fit un pas vers la jeune femme.

— Ecoutez-moi, Alice, la colère est mauvaise conseillère, et tout cela est indigne de nous. Il ne reste plus qu'un mot à dire pour tout briser ; je vous en prie, ne dites pas ce mot...

— Eh! mon Dieu! que briserions-nous, puisque nos cœurs n'ont jamais été unis ?

— Ainsi vous êtes inflexible ?

— Vous ne m'avez pas prouvé que la Désirée n'était pas votre maîtresse.

— Vous avez juré de mettre ma patience à bout.

— J'ai juré de vous faire repentir d'un soupçon injurieux.

— Eh bien ! vous avez un moyen de savoir quel est le rôle de la Désirée dans cette maison : faites-la venir et chassez-la en ma présence.

— Soit ; je me contenterai pourtant de vous savoir caché derrière cette tapisserie.

— Une dernière fois, Alice, prenez garde !

— Puisque nous n'avons rien à craindre ni l'un ni l'autre...

Et la jeune femme mit le doigt sur un timbre pendant que Marcel laissait tomber devant lui l'une des portières.

La Désirée venait d'entrer.

Comme le jour de l'incident Goussard, les deux femmes se regardèrent fixement et parurent se mesurer : Alice à demi renversée dans un fauteuil, l'air hautain, la bouche dédaigneuse; la Désirée à distance, debout près de la porte, le regard levé, profond et résolu.

— Voulez-vous me dire, commença Mlle Gendrin, quelle est la personne qui, en l'absence de M. le docteur Férand, a apporté ici le dernier numéro du journal *la Rurale*?

— Je l'ignore.

— Vous ne voulez rien dire ?

— Je ne sais rien.

— Eh bien! je le sais moi : cette personne, c'est vous.

— Et si cela était? interrogea cyniquement la Désirée.

— Si j'en avais la preuve, je vous chasserais immédiatement.

— En ce cas je veux bien vous apprendre que vous avez deviné juste.

— C'est vous!

— Oui.

— Ainsi vous ne vous êtes pas contentée d'espionner les faits et gestes de chacun dans cette maison...

— En effet, comme vous le dites, cela ne m'a pas

suffi : j'ai voulu savoir aussi ce que l'on faisait à l'allée verte.

— J'aurais dû m'en rappeler.

— Vous auriez ainsi évité cette explication.

— Insolente ! fit Alice en se levant ; à partir d'aujourd'hui vous n'êtes plus chez moi.

— C'est avouer que ma présence ici vous gêne. Vous avez donc peur de moi?

— Vous osez m'interroger ! s'écria violemment Mlle Gendrin.

— Chacun son tour. C'est que, voyez vous, vous n'avez pas encore dit le vrai motif pour lequel vous me renvoyez ; oui, je vous espionne et j'introduis ici des numéros de journaux qui ne sont pas de votre goût, mais tout cela est bien vague et j'aurais pu nier facilement. Il fallait autre chose, et cette autre chose que vous n'osez pas dire je m'en vais la crier : vous êtes jalouse de la Désirée !...

— Sortez ! sortez'... dit Alice tremblante de colère.

La Désirée ne parut pas entendre.

— Oh ! vous n'êtes pas jalouse à la façon des autres femmes ; comme vous n'aimez pas votre mari, vous n'êtes pas jalouse par crainte de vous le voir enlever ; vous êtes simplement offensée d'apprendre qu'une autre femme peut aimer ce mari et, un jour où l'autre, en être aimée. Vous redoutez moins l'abandon de celui qui vous aime que l'amour d'une rivale pour celui que vous dédaignez.

— Ainsi, dit Alice étranglée par la colère, vous avouez que vous aimez M. Férand ?

— Pourquoi m'en cacherais-je maintenant ? Ai-je à
en rougir et ne trouvez-vous pas cet amour raisonnable en face de votre dédain ? Oh ! je consens à vous
tranquilliser si vous avez quelque appréhension à
l'égard de M. Férand : il ne m'aime pas, je le sais,
et c'est tout simplement parce que je suis dédaignée
que je suis redoutable pour vous.

— Misérable !... prononça Alice en s'avançant
menaçante.

A ce moment elle aperçut la tapisserie secouée
par une sorte de tremblement nerveux.

— Savez-vous, reprit-elle, que je n'aurais qu'un
mot à dire pour vous faire jeter dehors par celui que
vous prétendez aimer, qu'un geste à faire pour vous
châtier comme vous le méritez !... Pourtant je n'ap-
pellerai pas : vous avez eu l'audace de vous attaquer
à moi ; prenez garde, à vos insultes j'oppose mon
mépris, et s'il le faut, je saurai bien, toute seule,
vous obliger à sortir, dussé-je vous cracher au
visage.

— Vous n'aurez pas cette peine, je vais quitter
cette maison ; mais avant de partir je veux encore
vous dire que vous n'êtes pas digne d'être aimée
comme vous l'êtes ; vous n'avez rien fait pour cela,
et pourtant c'est vous qu'il adore. Moi, j'ai tout osé,
comptant sur la sincérité de mon amour et mettant
rudement ma patience à l'épreuve. Aujourd'hui, je
pars, mais je n'ai pas perdu tout espoir ; je lutterai
avec vous et je vous le prendrai ce mari dont les
caresses vous fatiguent, et pour lequel vous n'avez

que des baisers froids ! Souhaitez de ne me revoir
jamais !...

— Oh ! une pareille menace... s'écria Mlle Gendrin
en saisissant sur la cheminée un couteau arabe qui
servait de coupe-papier.

Mais la Désirée venait de sortir, et Marcel se pré-
cipitait vers la jeune femme qui, tout à coup, se
trouvait mal entre ses bras.

L'évanouissement ne dura que quelques secondes :
en reprenant ses sens, Alice repoussa violemment
les bras qui cherchaient à la retenir et dit à Marcel :

— Vous êtes un lâche de m'avoir laissé insulter !...

Puis, demeurée seule, elle pensa :

— Qu'a-t-il donc en lui pour qu'une femme puisse
l'aimer de la sorte ?...

XVIII

Cette fois Marcel Férand n'avait plus d'illusions à
conserver : se voyant détesté à ce point, il se sentait
perdu.

Lui qui s'était montré apôtre de patience, il n'es-
pérait plus.

Il ne se sentait pas le courage de continuer la lutte
avec cette froide et orgueilleuse créature.

Pourtant à cette première période de découragement avait succédé un besoin de mouvement, d'ap-
plication à quelque travail ardu, innervation qui
enrayerait peut-être un désespoir.

Alors Marcel s'était mis résolument à la besogne.
Les courses, le jour et quelquefois la nuit, à travers
vents et brouillards, sous la pluie ou la grêle, ne lui
suffisaient plus : il se souvenait de certains travaux

projetés jadis : élaboration d'un ouvrage sur la médecine des campagnes, mise en ordre des notes données, étant interne, à une petite revue médicale. C'était le cerveau occupé pour plusieurs années.

De la sorte il n'aurait presque plus le temps de penser aux choses qui le faisaient souffrir, il arriverait bien à se mater avec cette besogne de bénédictin.

Ah! il achetait bien durement les sept mille francs de rentes du père Gendrin !

Avec cela son caractère s'assombrissait chaque jour davantage. A de certains moments il était pris de crainte vague : il croyait reconnaître en Alice certains phénomènes d'hérédité ; est-ce que la fille deviendrait comme la mère ? est-ce qu'un jour, peut-être prochain, il serait obligé de la chasser du domicile conjugal et d'aller tuer un amant, comme avait fait M. Gendrin ? Alors Marcel souhaitait l'arrivée à Chancenay des Prussiens que l'on disait déjà aux portes de Vendôme. Il pensait à une défense de Chancenay qui avait encore de vieux remparts et une rivière, le Lizeron, qui enserrait le bourg à un kilomètre de distance et devait si bien arrêter les convois ennemis.

Un commencement de folie.

Cette idée de défense l'empoignait sérieusement ; cela devenait une préoccupation de tous les instants ; il en parlait quelquefois à son beau-père, et le vieil entrepreneur, tout en trouvant la chose insensée, se sentait singulièrement remué. Il avait encore de l'œil et ne tremblait pas, il était certain de ne pas perdre

deux balles sur dix, et puis il avait aussi des idées..
qui sait, peut-être démolirait-on un certain nombre
de Prussiens aux environs de la Tuilerie ?

On ne ferait pas comme ce raté d'Elzéar Chavin
qui, depuis le commencement de la guerre, avait
annoncé plus de vingt fois son départ comme volon-
taire.

Pourtant, Elzéar modifiait encore ses plans et ne
partait toujours pas.

Cela paraissait agacer vivement la petite cousine
Marguerite ; il ne lui déplaisait pas de savoir le fils
Chavin auprès d'elle, mais elle était furieuse de le
voir irrésolu et presque capon.

Elle avait fini par s'en expliquer et dire à Elzéar :
— Vous savez que si vous ne tuez pas au moins
un Prussien, il n'y a rien de fait entre nous.

Ce à quoi Elzéar répondait en enflant la voix :
— Vous verrez quand on se battra à Chancenay.

Et, intérieurement, il lui paraissait impossible
qu'on pût s'y battre.

On a vu que Marcel pensait tout différemment. Il
dressait déjà ses batteries et mettait sur le papier
tout un plan de défense qu'il soumettait de temps en
temps à M. Gendrin.

Cela devenait une obsession.

Marcel avait fait venir de Bossignies et de Tours
plusieurs caisses de pharmacie et, sur ses instances,
le maire de Chancenay avait obtenu un petit envoi
de cartouches et trente fusils à piston transformés.

De plus, la marraine Hautecœur était prévenue, et
Marcel lui avait indiqué par quelles combinaisons

elle pourrait, le cas échéant, intercepter des dépêches.

On pouvait compter sur la vieille demoiselle.

C'est égal, tout cela était bien patriote, mais bien
insensé.

Et plus cela était insensé, plus Marcel était enthousiaste : on eût dit qu'il n'avait pas de plus grand
désir que de voir massacrer tous les habitants de
Chancenay afin d'être massacré lui-même.

La nuit, — il était poursuivi par des cauchemars
terribles : il voyait arriver par petits détachements
des dragons allemands qui s'arrêtaient à la Tuilerie ;
on les faisait descendre dans la cave pour leur donner à boire, on les grisait et, une fois ivres-morts, on
les enfumait comme des porcs. Mais, petit à petit,
les cadavres augmentaient, et il arrivait toujours de
nouveaux dragons, suivis de hussards de la mort et
de Bavarois à grands casques. Bientôt toute cette
pourriture infestait le bourg et le choléra faisait son
apparition. Alors Marcel trottait de tous côtés pour
donner des soins aux cholériques et, la nuit, il continuait à enfumer de nouveaux Prussiens.

Et tout le monde mourait de la peste autour de
lui, il demeurait bientôt seul dans Chancenay désert
et dévasté. Puis, il tombait malade à son tour, et
c'était le fantôme de la Désirée qui venait s'asseoir à
son chevet et lui donner à boire.

Phénomène curieux, Marcel faisait presque toujours le même rêve. Lorsqu'il se réveillait, il était
trempé de sueur et se sentait de la courbature, et

cet état fiévreux, sans l'inquiéter énormément, le surprenait.

Il avait peur de tomber malade et de ne plus pouvoir enfumer de Prussiens.

Cette monomanie commençait à étonner M. Gendrin et il en suivait les progrès avec crainte.

Tout à coup il se manifesta dans l'état de Marcel une aggravation subite. A un malaise général produit sous l'influence de causes nerveuses succéda une brusque élévation de température avec frissons, claquements de dents et chair de poule.

Marcel dut se mettre au lit et Gendrin fit appeler sur-le-champ l'un des médecins de Bossignies avec lequel son gendre entretenait d'amicales relations.

Les progrès du mal étaient si rapides qu'il fut possible de diagnostiquer à l'issue de la première visite.

Le confrère avait observé une respiration accélérée, une visage hâve et pâle, des pulsations cardiaques tumultueuses et une mobilité convulsive des muscles.

On était aux débuts d'une fièvre chaude dont les suites pouvaient être terribles.

Gendrin, mis au courant par le docteur, crut devoir avertir sa fille : tout était à redouter.

Pour la première fois, Alice ressentit une émotion singulière en apprenant cette grave nouvelle ; celui qui l'aimait tant et envers qui elle avait été peut-être injuste pouvait mourir et mourir dans l'isolement où elle l'avait constamment tenu.

Elle se sentait toute remuée à cette idée que la

vie de l'homme auquel son sort était lié était en
danger.

En l'espace de quatre jours, des désordres effrayants
étaient survenus.

Le malade avait maintenant la vue trouble et par
instants il rêvait les yeux grands ouverts ; tous les
phénomènes ataxiques qui accompagnent la fièvre
cérébrale étaient observés : exaltation instantanée
de la force musculaire, soubresauts, raideur tétani-
que et sueurs abondantes.

Le docteur faisait arroser le crâne d'eau sédative,
et comme il y avait au château une machine à faire
de la glace, on avait pu, grâce à l'obligeance des
propriétaires, faire des applications continues de
froid à la tête. Avec des boissons fraîches et de
fortes doses de sulfate de quinine, cela constituait
toute la médication.

Lorsque le malade avait un moment de lucidité,
il demandait à boire, toujours à boire, et la timbale
aussitôt vidée il retombait dans une sorte de rêve et
mâchonnait des bribes de phrases avec des secousses
de la mâchoire et des contorsions de la bouche véritablement effrayantes.

A tour de rôle la marraine Hautecœur, Gendrin et
la bonne veillaient auprès du malade. Du jour où la
situation était devenue grave, Alice n'avait plus
quitté le chevet.

Il lui semblait que ces soins de tous les instants
étaient un commencement de réparation.

Toujours debout, essayant de lutter contre le mal,
elle était attentive aux moindres changements et se

sentait de fer pour résister aux insomnies et aux
fatigues de toute sorte qui venaient l'accabler.

Elle savait que Marcel ne pouvait ni la voir, ni
l'entendre, son orgueil n'avait donc pas à souffrir de
l'amende honorable qu'elle faisait ainsi au lit de
douleur de celui qu'elle avait peut-être envoyé à la
mort.

Le médecin n'avait-il pas parlé de causes détermi-
nantes, de préoccupations fixes qui tenaient le malade sous une suggestion violente? Suivant lui, les
causes nerveuses étaient de deux sortes, l'une pri-
mant l'autre pourtant : Marcel paraissait inquiet de
voir grossir, grossir toujours, le nombre des soldats
prussiens qui pourrissaient dans la cave de la Tuilerie, et une douleur profonde l'étreignait lorsque
quelqu'un prononçait un peu haut, près de lui, le
nom d'Alice. Alors le malheureux criait ses tempes,
disant qu'on lui donnait des coups de marteau, et
deux grosses larmes, aussitôt séchées par le brûlant
des joues, apparaissaient entre les cils.

Ce spectacle terrifiait la jeune femme et lui donnait d'indicibles serrements de cœur.

Lorsqu'elle était seule dans la chambre du malade, il lui prenait des tentations de se jeter à genoux
et de demander pardon.

Mais Marcel continuait à ne rien voir et à ne rien
entendre, le sang lui bouillonnait dans la tête et le
délire lui mettait à la bouche des lambeaux de
phrases étranges et terribles.

Il avait surtout la terreur du curé de Chancenay,
ce petit abbé Glacheux qui n'avait pas cru devoir

revenir à la Tuilerie depuis l'affaire de *la Rurale*. Il
le voyait toujours debout à ses côtés et demandait
sans cesse qu'on renvoyât « ce grand corbeau qui
venait lui prendre sa femme ».

Quand l'abbé Glacheux n'était plus là, c'était un
hulan qui le remplaçait au pied du lit.

Alors Marcel disait au hulan-fantôme :

— Tu as bien fait de tuer le curé, mais surtout
ne fais pas comme lui, ne me prends pas ma
femme...

Il répétait presque toujours les mêmes paroles, et
cette crainte continuelle avait quelque chose de
douloureux qui troublait profondément celle que
l'on appelait encore Mlle Gendrin.

Quelquefois, lorsqu'elle était certaine de n'être
vue par personne, elle essuyait ses yeux rougis par
les veilles et les larmes.

Ces larmes lui faisaient du bien, il y avait si longtemps qu'elle n'avait pu pleurer!

Que se passait-il donc en elle? Quelle métamorphose s'accomplissait ainsi sourdement, presque à
son insu?

Un soir, ce fut terrifiant.

Marcel prétendit tout à coup que le curé voulait
le tuer à coups de maillet et, tout mouillé de sueur,
il fit sur son lit trois ou quatre sauts de carpe, bat-
tant la muraille de ses poings crispés et roulant des
yeux hagards.

Gendrin était auprès de sa fille, et tous deux sur-
veillaient le malade dont l'état laissait peu d'espoir.

— Ah! ah! s'écria Marcel en rejetant violemment

les couvertures, parce que je ne dis rien, on croit
que je ne souffre pas ; on prétend que c'est la tête
qui est malade, et moi je soutiens que c'est le cœur...
nous ne pourrons jamais nous entendre.

Ici son visage prit une expression mauvaise :

— On ne sait donc pas que je puis rugir! tuer
l'amant et chasser la femme... trois coups dans la
tête, et maintenant, toi, va voir dehors s'il passe des
galants... Ah ! ah! il ne passe que des rafales de
vent et des tempêtes de neige... va toujours et bon
voyage : si tu rencontres la pleurésie, tu lui donneras
rendez-vous à l'Hôtel-Dieu, et si tu as conservé l'anneau, donne-le à quelque autre Marcel, je m'en lave
les mains, je suis trop malheureux, je vais aller en
Prusse pour me faire tuer...

Et, prompt comme l'éclair, Marcel sauta sur le
tapis en faisant une grimace horrible à Alice et à
Gendrin.

Ce brusque accès venait faire diversion à l'émotion qui étreignait le vieil entrepreneur et sa fille
en écoutant les menaces tragiques de Marcel, menaces qui étaient aussi une révélation pour la jeune
femme!

— Oh! père, père, prenez garde! s'écria Alice.

En effet, le malheureux venait de faire un bond
de côté et il allait se précipiter sur Gendrin, fou de
la suprême folie, la bouche tordue et écumante, l'œil
injecté de sang.

Gendrin n'eut ni le temps ni la volonté d'échapper à l'étreinte farouche qu'il pressentait. D'ailleurs,
il était robuste et pouvait engager une lutte, toute

disproportionnée qu'elle parût par suite de l'état du malade.

— Ah! Prussien! s'écria Marcel en saisissant Gendrin par le cou.

Ce dernier eut besoin de faire appel à toute sa force pour résister à l'étreinte du fou et ne pas rouler avec lui au travers de la chambre. L'exaltation convulsive qui se manifestait ainsi chez le malade était redoutable; elle marquait que l'on était entré dans les dernières phases de la maladie, et qu'à moins de quelque dérivatif inconnu, l'issue était sans espoir.

Avant tout il fallait empêcher le malheureux de se faire mal et le réduire à l'impuissance.

Et Gendrin, profitant d'un instant où Marcel desserrait le lien formé autour de son cou par deux bras nerveux pour frapper des deux poings à la fois, le saisit à bras le corps et le renversa sur le lit. En se sentant terrassé, Marcel poussa un cri de rage et tenta de mordre, lançant des coups de pied dans les jambes du vieil entrepreneur et faisant des efforts surhumains pour se dégager.

A un moment il put se retourner, glisser sur le tapis et, saisissant Gendrin par les cuisses, le jeter à terre en vociférant :

— On me tue!... on me tue!... de l'air...

Puis, il se précipita sur la fenêtre qu'il essaya d'ouvrir. Mais la jeune femme était là, s'accrochant après lui et cherchant à paralyser ses mouvements. C'en était assez pour donner le temps à Gendrin de se relever et d'accourir. Quelques secondes de plus et la fenêtre était ouverte.

La situation devenait tragique.

En effet, Gendrin était presque épuisé par cette lutte longue et pénible, Marcel au contraire paraissait au paroxysme de la convulsion musculaire. De plus, le fou venait de saisir sur une commode un grand flambeau de bronze qu'il brandissait d'une façon menaçante.

A un moment où Gendrin se baissait et essayait de s'approcher de lui par derrière, Marcel fit brusquement volte-face et, levant le flambeau au-dessus de sa tête, s'apprêta à frapper.

Alice poussa un cri terrible et s'élança entre les deux hommes.

Alors Marcel regarda fixement la jeune femme, et tout à coup une grande lumière parut se faire dans son cerveau ; il bégaya plusieurs mots sans suite, puis le flambeau lui échappa des mains et il tomba tout de son long à la renverse sur le tapis.

Gendrin le crut mort. Et lorsqu'il le souleva pour le porter sur le lit, le pauvre homme pleurait comme un enfant.

Mais Alice s'était penchée sur le front de son mari et pouvait bientôt constater que la respiration, un instant suspendue, venait de reparaître.

La crise formidable était terminée et Marcel vivait encore.

Il était donc permis d'espérer.

On demeura pourtant jusqu'au soir dans des transes douloureuses. Enfin le confrère de Bossi-

gnies arriva, ainsi qu'il avait coutume de le faire
chaque jour, et constata un abaissement rapide de
la température. En quelques heures la chaleur interne était redevenue à l'état normal. Tout danger
immédiat avait disparu, et à moins de rechute impossible à prévoir le malade était sauvé.

Cette nuit-là Alice ne voulut pas encore se reposer, et quelqu'un qui eût été auprès d'elle l'eût
entendue prier et répéter d'une façon fébrile :

— Oh ! pardon. . pardon...

XIX

La fin de la semaine parut à la jeune femme d'une longueur désespérante.

Au bout de trois jours seulement Marcel fut tout à fait hors de danger et reconnut les siens.

Ce fut sur Alice que ses regards se portèrent en premier, sur Alice dont la main pressait doucement la sienne. En la reconnaissant il murmura un : Ah! et esquissa un pauvre petit sourire bien maigre et bien pâle, arrêté tout à coup en chemin.

Sans doute Marcel se souvenait complètement maintenant et le sourire se figeait.

Pourtant le regard d'Alice n'était plus le même que jadis, il n'était plus froid, il était simplement triste; et bien habile eût été celui qui eût défini si ce sentiment de tristesse qui subsistait était causé

par le souvenir des inquiétudes passées ou la honte
d'avoir aussi longtemps dédaigné...

Le visage de la jeune femme était donc encore
composé; Alice avait bien trop d'orgueil pour avouer
comme cela tout de suite les larmes et les angoisses
de la semaine précédente.

Elle se réservait d'en donner la surprise plus
tard...

Et le rétablissement se faisait lentement, mais
sûrement, avec ses petits intermèdes de douce expan-
sion et de délicate joie.

Alice avait des paroles d'une douceur infinie, mais
qu'elle prenait soin d'arrêter à temps afin de ne pas
paraître aller trop vite.

Marcel conservait toujours dans le regard la même
surprise et, après deux ou trois réponses faites va-
guement, gardait un mutisme complet, paraissant
se recueillir et cherchant une explication que son
cerveau encore faible ne lui fournissait pas.

Gendrin était une grosse joie. Le vieux brave
homme semblait deviner le dessous des cartes et
soupçonner un revirement dans les idées d'Alice;
mais il n'en était pas encore assez certain pour s'en
ouvrir à la marraine Hautecœur.

— C'est égal, mon gendre, disait-il, si votre beau-
père n'avait pas été un homme solide et votre femme
une nature nerveuse, vous sautiez par la fenêtre
après m'avoir fendu la tête d'un coup de ce flambeau. Sapristi, quel gaillard vous faites!... Vous
m'avez roulé et bien roulé; à vous le pompon. Mais
n'y revenez plus surtout.

Alors, en prenant bien des précautions, on racontait à Marcel tout ce qu'il avait fait durant ses crises, mais non pas tout ce qu'il avait dit, car l'un des passages embarrassait Gendrin et inquiétait Alice.

Marcel était grandement étonné d'avoir fait et dit tant de folies.

Comme on ne lui rapportait que ce qui avait trait aux Prussiens, il croyait bien reconnaître dans cette préoccupation nerveuse l'origine de sa maladie. Il trouvait encore la force de s'abuser à ce point.

Cas pathologique curieux, le souvenir des faits qui lui étaient bien personnels, tels que la froideur d'Alice, l'article de *la Rurale*, les emportements de la Désirée, ne subsistait dans son esprit qu'à l'état vague et comme entouré d'un brouillard épais. Il ne s'apercevait pas qu'il voyait Alice avec d'autres yeux que jadis et, se sentant à peu près calme, il se trouvait moins malheureux.

Tout à cet égard s'estompait, prenait un adouci étrange. Il aimait bien encore, mais avec beaucoup de raison, et demeurait persuadé qu'il avait toujours aimé de la sorte et qu'on l'aimait de même.

Les crises physiques lui faisaient presque oublier la crise morale.

Par contre, ses projets de défense de Chancenay restaient vivaces en lui, et c'était avec obstination qu'il demandait des nouvelles de la guerre. On eût dit que la défense de Chancenay restait un but arrêté depuis longtemps et contre lequel il ne pouvait aller. Dans son for intérieur, il comptait bien toujours se faire tuer, mais le pourquoi voulu et mûri lui échappait.

Pourtant il était prudent. Il avait remarqué les inquiétudes de chacun lorsqu'il parlait de ces choses et il ne soufflait mot de son fameux projet ; il s'informait seulement de la marche des ennemis.

Comme on ne pouvait rien lui apprendre à ce sujet, il s'imaginait qu'on ne voulait rien lui dire et concentrait tout en lui-même pour le moment où il irait tout à fait bien.

Ce *tout à fait bien* était lent à venir, et les après-midi de la fin de novembre, passées dans cette chambre du premier qui donnait sur la campagne, étaient longues et tristes.

Alice ne quittait pas un instant le convalescent et quelquefois, en lui parlant doucement pour ne pas le fatiguer, elle lui tenait la main, et lorsqu'il dormait ou rêvait elle le regardait longuement, surprise de trouver distinguée cette figure pâle encadrée par des cheveux qui lui paraissaient moins ardents que précédemment.

La jeune femme avait maintenant pour son mari des attentions délicates, évitant tout ce qui eût pu rappeler à celui-ci les erreurs passées. C'était elle qui le faisait boire et lui préparait ses minces repas, et elle ne laissait pas à d'autres le soin d'arranger son oreiller ou de déplacer l'édredon.

Tous ces petits détails, Marcel ne les remarquait pas ; cela avait dû toujours être ainsi. Ils étaient d'ailleurs si discrets et arrivaient avec tant d'à-propos et de mesure qu'ils ne pouvaient choquer.

La femme a de ces ressources infinies : une perception si délicate des nuances, une sensibilité du cœur et une souplesse d'esprit si grandes qu'elle peut à son gré et avec autant de facilité se reculer ou s'avancer selon les besoins de sa cause.

Alice en arrivait graduellement à souhaiter un rapprochement, mais son but était d'y amener Marcel assez habilement pour qu'il crût en être l'auteur.

Ce projet demanderait du temps et de la patience mais la jeune femme devait bien cela au mari méconnu.

Afin de ne rien brusquer, ces conversations à deux restaient dans le vague et, comme Alice ne voulait rien rappeler du passé ni parler des désastres essuyés par les troupes françaises, il était presque toujours question des différentes phases de la maladie terrible qui avait failli emporter Marcel.

Un jour que, sur ce sujet rebattu, la jeune femme revenait encore avec une sorte d'obstination, Marcel lui demanda un peu inquiet :

— Alors, j'ai eu souvent le délire ?

— Oui, souvent.

— Folie des persécutions sans doute, c'est le délire le plus fréquent.

— Vous avez dit tant de choses que je ne me souviens plus exactement des propos tenus ou des menaces proférées. Pourtant j'ai gardé le souvenir d'un monologue étrange dans lequel vous parliez d'un

comme qui avait chassé l'épouse infidèle et d'un
anneau donné à un inconnu.

— Ah! fit Marcel sans oser regarder sa femme.

— Il paraissait y avoir une telle suite dans vos
idées que cette scène nous émotionna vivement, mon
père et moi...

— Monsieur Gendrin était là ?

— Oui.

— Je ne me souviens de rien.

— N'avez-vous pas été interne à l'Hôtel-Dieu ?

— En effet.

— Vous aurez conservé sans doute le souvenir
d'un événement semblable. Peut-être s'agit-il d'une
histoire contée autrefois par quelque élève de vos
amis : une malheureuse finissant à l'hôpital une
existence jadis enviée et faisant à celui qui la veillait à son lit de mort le récit de ses souffrances
accompagné du cadeau du dernier bijou qu'elle eût
gardé. Voyez un peu comme tout cela a fait travailler mon imagination, c'est à croire que c'est moi
qui ai le délire maintenant.

— Non, je ne me rappelle pas, dit Marcel pour la
seconde fois.

Et pris d'inquiétude, il pensa :

— J'ai donc parlé ?...

— Eh bien! j'aime mieux que ce soit là simplement une divagation, car cette femme, que le mari
avait chassée et qui s'en allait ainsi mourir de pleurésie, loin des siens et maudite peut-être, cette
femme m'était déjà sympathique; je la plaignais...

et, tenez, lorsque j'y songe encore, une indicible émotion s'empare de moi...

— J'ai beau chercher, fit de nouveau Marcel avec beaucoup de sang-froid, je n'ai le souvenir d'aucun fait analogue.

— Mais je bavarde aujourd'hui d'une façon ridicule, reprit Alice en essayant de vaincre l'émotion qu'elle ressentait, j'oublie que vous avez besoin de ménagements et que la moindre fatigue vous est interdite.

Afin d'interrompre une conversation qu'il sentait pleine de périls, Marcel se renversa sur ses oreillers et ferma les yeux, laissant supposer qu'il venait de s'assoupir.

En cet instant Gendrin entra.

— Pas de bruit, dit la jeune femme, il dort.

— Tant mieux, il n'entendra pas le canon qui tonne en ce moment de l'autre côté de la Loire.

— Avez-vous des nouvelles ? demanda Alice à voix basse.

— Oui, une dépêche de Tours que vient de me communiquer Mlle Hautecœur; les Prussiens auraient repris Orléans.

Si Gendrin et sa fille n'avaient pas eu le dos tourné, ils auraient vu Marcel faire un mouvement brusque dans son lit.

— Et vous ne voulez toujours rien lui dire au sujet de la guerre?

— Hélas, il faudra bien y arriver un jour ou l'autre; lorsque les Prussiens seront à Chancenay, nous ne pourrons le lui cacher... il faut s'attendre à

tout. A ce propos, crois-tu qu'il se souvienne de
tout ce qu'il avait prémédité le mois dernier relati-
vement à la défense du bourg?

— Je ne le crois pas. Ainsi, tout à l'heure, je l'in-
terrogeais au sujet d'une de ses crises, celle, vous
savez, au cours de laquelle il était question d'un
mari qui tue l'amant de sa femme...

— Eh bien?

— Eh bien! il ne se souvient de rien.

— Ah! fit Gendrin subitement pâli.

— N'est-il pas vrai que ce récit tragique, fait dans
un moment de folie, avait quelque chose de singulièrement émouvant?

— Oui, répondit Gendrin à demi étranglé.

— Je n'ai pas encore pu arriver à chasser ce cauchemar de mon esprit. C'est une vision douloureuse
qui me fait oublier par instants que tout cela n'a
pas existé et qu'il n'est pas sur terre d'êtres aussi à
plaindre...

— Il en est qu'on ne peut plus plaindre, tant ils
ont à blâmer.

— Vous dites, mon père?

Ici Gendrin prit les mains d'Alice, et le père regarda sa fille bien dans les yeux.

Il jugea qu'elle ne savait rien.

— Ainsi tu condamnerais celui qui aurait refusé
de pardonner?

— Oh! fit Alice, je plains le juge des cons-
ciences.

— Ecoute-moi; j'ai connu autrefois un homme à
qui un événement à peu près semblable est arrivé.

Cet homme était épris à ce point de celle à qui il
avait donné son nom, que longtemps il consentit à
fermer les yeux, cherchant à oublier la trahison.
Un jour vint où la faute fut plus grande, plus indigne que toutes les précédentes ; pardonner encore,
pardonner toujours était impossible, car il y avait
un enfant qui, après avoir sucé le lait de sa mère
coupable, pouvait en arriver ou à écouter des leçons
funestes ou à rougir de celle que personne ne respectait plus. Alors, jaloux de l'honneur de son nom,
jaloux de l'honneur de son enfant, cet homme
chassa l'épouse et alla tuer l'amant. Puis, veillant
sur l'enfant, comme un gardien farouche, il fut tour
à tour le nourricier et l'éducateur, le père acharné
à cette tâche énorme : faire oublier la mère à ce
point que l'enfant n'en parlât jamais. Ah! les soins
de tous les instants, les veilles, les fatigues de toutes
sortes ne lui coûtèrent pas ; il fut, je le crois, à la
hauteur de la mission sainte qu'il s'était imposée.
Et cet homme n'eut pas de remords : songeant à
l'épouse indigne qui, de chute en chute, pouvait
finir de la dernière misère, il fut inflexible. Un regard de son enfant suffisait pour le tranquilliser, ce
regard disait clairement : Va, père, tu as agi selon
ton droit, selon ta conscience.

Un silence de quelques secondes suivit.

Gendrin tenait toujours les mains d'Alice dans les
siennes.

— Et maintenant, qui sait? fit le vieil entrepreneur en maîtrisant vainement son émotion, peut-
être ce père s'est-il trompé!..

— Non! s'écria tout à coup Alice en lui jetant les bras autour du cou; le regard de l'enfant dit toujours : Va, père, tu as agi selon ton droit, selon ta conscience!...

Gendrin serra violemment sa fille contre son cœur et, sur sa joue baignée de larmes, il appuya le visage humide de l'enfant chéri.

— Et maintenant, dit Gendrin, pendant qu'Alice embrassait l'anneau qu'elle portait au doigt, je puis t'apprendre...

— Non, non, plus un mot, fit la jeune femme, je ne veux rien savoir de plus... et puis, nous pourrions le réveiller.

— Il aurait pu nous entendre ; le docteur Férand connaissait ce secret avant de t'épouser.

Alice se sentit rougir.

Cet éclair d'orgueil fut pourtant de courte durée, elle se souvint à temps que Marcel n'avait jamais cessé de l'adorer et que, depuis trois semaines, elle ne détestait plus Marcel.

En ce moment, si elle avait tourné ses regards du côté de l'alcôve, ils auraient rencontré ceux de l'époux ; et Marcel avait pleuré aussi.

— Vois-tu, fit Gendrin en manière de conclusion et à voix basse, car il soupçonnait, lui, que le convalescent ne dormait pas, il faut bien aimer ton mari... ça doit être si bon un bon ménage!...

XX

Le 16 janvier, dans la matinée, Elzéar Chavin, resté à Chancenay et pour cause, vint annoncer à la Tuilerie, pour la vingtième fois peut-être, son départ pour le Mans où l'on croyait que l'armée de Chanzy était encore.

Chancenay, en effet, était privé de nouvelles depuis plus de quinze jours ; mademoiselle Cécile Hautecœur ne recevait plus de dépêches et l'on supposait que le fil devait être coupé au delà de Bossignies et en-deçà de Vendôme.

— Eh bien ! oui, mes amis, c'nst décidé irrévocablement : je pars.

Marguerite ne crut pas du tout sortir des convenances en partant d'un superbe éclat de rire.

— Riez, riez, fit Elzéar avec beaucoup de conviction, vous ne rirez plus lorsque vous verrez revenir

Elzéar Chavin avec deux ou trois balles dans le corps.

Le gaillard n'y allait pas de main morte.

— Peste, observa Gendrin, mais une seule suffira pour vous empêcher de revenir.

— Oh ! moi, ajouta la petite cousine Marguerite, je n'ai pas d'inquiétude. Je parie qu'Elzéar nous reviendra sans une égratignure et avec une quarantaine d'encoches à la crosse de sa carabine, ce qui lui vaudra d'ailleurs de rapporter une croix de la Légion d'honneur. Alors, oh ! alors, tout Chancenay se cotisera pour commander à l'un des bijoutiers du Palais-Royal une belle croix enrichie de brillants, et l'on inscrira le nom d'Elzéar Chavin au tournant de l'une de nos rues. Ainsi, au lieu de *rue du Coin-Muzard*, ce qui n'est que pittoresque, on pourra lire : *rue Elzéar-Chavin*, ce qui sera glorieux.

— Qui sait ? articula le raté, sans s'émouvoir de railleries auxquelles il était depuis longtemps habitué.

— Et vous allez sur le Mans ? demanda Marcel.

— Sur le Mans.

— Le pays est renommé pour ses poulardes, dit encore Marguerite ; n'oubliez pas d'en rapporter une couple. Ça et la croix, c'est de rigueur...

— Mademoiselle, dit Elzéar sans se fâcher le moins du monde, vous êtes une petite bavarde.

— Vous, monsieur, vous êtes un grand homme !...

— Allons, fit Gendrin, plus de plaisanteries, puisque Elzéar se décide...

— Formellement ; d'ailleurs je ne suis resté jusqu'à ce jour que parce que j'espérais qu'il y aurait quelque chose à faire à Chancenay.

— Et Chancenay fait peur aux Prussiens, dit Gendrin.

— Ils n'oseront pas, ajouta Elzéar en se redressant.

— Oui, tant que vous serez là, fit Marguerite ; mais, vous parti, nous allons les voir arriver.

— Ah ! si j'en étais sûr...

— Il resterait ! déclara la petite cousine le plus sérieusement qu'elle put.

— C'est que Chancenay est en état de se défendre, continua Elzéar avec assurance, mais sans penser un traître mot de ce qu'il disait.

— Certainement, fit Marcel. Chancenay a le Lizeron qui lui fait un barrière naturelle, plus deux portes monumentales : la porte *d'en bas* et celle de Lognes. En faisant sauter le grand pont sur la route de Bossignies...

— Votre pont, papa Gendrin, remarqua Elzéar.

— C'est vrai, fit le vieil entrepreneur, et le dernier construit par moi, en 63. S'il fallait en arriver là, ça me semblerait dur, mais chacun doit coopérer à la défense du territoire ; nous jouerons le tout pour le tout.

— Enfin, tout cela est bel et bon, dit encore le fils Chavin, mais Chancenay manque de fusils...

Marcel se leva.

— Il y a, dit-il, trente fusils à tabatière et des caisses de cartouches dans la cave de la mairie ; de plus ; il faut bien compter une vingtaine de carabines dans la ville ; voilà de quoi armer cinquante défenseurs.

— Il manquera toujours un chef, répondit Elzéar. Et puis, il faudrait encore voir venir les Prussiens, et ils ne viennent pas.

En cet instant la bonne vint prévenir qu'une espèce de vagabond, vêtu d'une peau de mouton, demandait à parler au propriétaire de la Tuilerie.

— Faites-le monter, dit Gendrin.

Et bientôt on vit paraître à l'entrée de la salle et s'arrêter au seuil une figure de gamin, teint hâlé, visage creux, jambes maigres, quelque chose comme dix-sept ou dix-huit ans.

Son accoutrement était des plus misérables : une peau de mouton presque entièrement pelée, un pantalon de velours troué aux genoux et serré dans des guêtres de cuir en lambeaux. Sur la tête, un débris de casquette entouré d'un mouchoir à raies jaunes ; autour du cou, un foulard noir ; aux pieds, d'informes souliers, crevés sur les côtés, bâillant par le bout et laissant passer des morceaux de chiffons.

Passée en bandoulière, une sorte de musette en toile à peu près vide.

Un ensemble navrant qui serrait le cœur.

Avec cela une mine sympathique, l'air résolu, l'œil gai, la bouche gouailleuse ; une misère portée crânement.

— C'est vous le propriétaire ? demanda le gamin en s'adressant à Marcel.

— Votre nom ? fit ce dernier.

Pour toute réponse, l'enfant tira d'une poche de gilet un petit paquet crasseux, bouclé d'une ficelle rouge, le défit et présenta un livret recouvert de parchemin.

FRANCS-TIREURS DE VANDRESSE (*Ardennes*).

— Franc-tireur! firent ensemble Alice et Marguerite en examinant avec compassion le porteur du livret.

— Et d'où venez-vous? demanda Gendrin.

— Nous venons du Mans où il a fallu se sauver...

— Vous n'êtes-vous donc pas seul?

— Nous sommes encore 73.

— Et vous étiez nombreux?

— Nous étions 380 en quittant Vandresse, le 11 août.

Un petit frisson courut autour du gamin.

— Et vous êtes à la recherche d'un logement? demanda Elzéar.

— Non; à la recherche des Prussiens.

— Eh bien, dit Marguerite au fils Chavin, voilà votre affaire.

— En quel endroit se tient votre petite troupe? demanda Marcel.

— A un quart d'heure d'ici, dans les bois qui bordent la grande route...

— Les bois de Lognes.

— Nous avons marché toute la nuit sans savoir si nous n'allions pas tomber dans les pattes des Bavarois à Von der Thann. Tout à l'heure j'ai été chargé d'éclairer du côté du pays, j'ai laissé mon Minié aux camarades et je suis venu frapper ici parce que c'é-

tait la première maison. Est-ce que vous attendez
les Prussiens ?

— Nous sommes sans aucune nouvelle.

— Est-ce que c'est loin Bossignies ?

— Environ cinq lieues.

— On dit qu'il y en a plein...

— Hein ? fit involontairement Elzéar.

— Alors, comme nous sommes sur la grand'route
nous en aurons aussi, dit Marcel. Eh bien ! on les re-
cevra !

— Bravo ! cria le gamin en jetant sa casquette au
plafond.

— Vous pouvez annoncer cela à votre capitaine.

— Le capitaine, il a été tué à Mouzon.

— Eh bien ! à votre lieutenant.

— Nous n'en avons plus : le premier est enterré
dans la forêt de Marchenoir et le second a été fusillé
à Vendôme ; c'est un sergent qui commande.

Un second frisson secoua l'assistance.

— En attendant, reprit Marcel, vous pouvez aller
dire aux vôtres que l'on est prêt à vous secourir à
Chancenay, car vous devez en avoir besoin...

— Nous avons cinq malades, mais le restant a bon
pied, bon œil, et pas mal d'appétit encore...

— De quoi pouvez-vous vivre ? demanda Alice.

— Oh ! madame, les malins vont à la maraude, la
nuit, et puis nous avons la ressource des betteraves
déterrées dans les silos ; ce qui nous manque le plus,
c'est le pain...

— Les malheureux ! fit Gendrin très ému.

— Je vais aller prévenir le maire, dit Marcel, la

commune a le devoir de ravitailler de pareils défenseurs.

— Le maire, observa Elzéar, il doit être loin ; j'ai
vu hier soir M. Ravelin prendre le dernier train pour
Tours, vous entendez bien, le dernier train : le service est arrêté au-dessus de Chancenay...

— Qu'est-ce que vous faisiez donc là, Elzéar ? fit
Marguerite, est-ce que vous vouliez profiter aussi
du dernier train ?

Gendrin lança un coup d'œil sévère à sa nièce.

— Si j'avais voulu, ça n'aurait tenu qu'à moi, répondit Elzéar avec calme, je connais assez le chef de
gare. C'est égal, ce pauvre M. Ravelin a eu beaucoup
de mal pour partir. Tous les compartiments regor-
geaient, il n'y avait plus de place pour une aiguille,
et je crois bien qu'il a dû s'en aller sur un marche-
pied.

— Eh bien ! il reste l'adjoint...

— Dans une demi-heure nous serons ici, dit le
gamin en remettant sa casquette et en renouant le
mouchoir à raies jaunes.

— Y a-t-il du vin chaud ? cria Gendrin dans l'escalier.

— Non, pas sans les camarades, fit l'enfant ; on
verra tout à l'heure...

Et il tourna les talons.

— Du moment que les Prussiens viennent à
Chancenay, dit Marguerite, voilà Elzéar obligé de
rester.

XXI

Quelques instants après, Marcel se rendit chez l'adjoint de Chancenay, un nommé Gobais, ancien galochier depuis quelques années retiré des affaires, qui demeurait à l'autre bout du pays, du côté des Bordes.

En passant dans la grand'rue, Marcel entra chez sa marraine, lui apprit la nouvelle et l'engagea à couper toute communication du côté de Vendôme en installant un appareil de réception pour les dépêches qui pourraient venir de Bossignies. La vieille demoiselle n'hésita pas une minute et promit d'envoyer immédiatement un exprès à la Tuilerie au cas où il se produirait quelque chose.

— Docteur, ménage-toi, dit la marraine Hautecœur à son fillo ; tu es à peine remis, ne commets pas d'imprudence...

— Marraine, je suis devenu fataliste depuis ma maladie : ce qui est écrit est écrit.

— A la grâce de Dieu ! fit la vieille demoiselle en se signant ; fais ton devoir, tu peux compter sur moi.

Et elle embrassa Marcel.

Celui-ci trouva l'adjoint Gobais installé auprès de son feu, les pieds dans les cendres, la pipe à la bouche, et à portée de la main un petit verre de kirsch escortant un bol de café noir qui fumait.

— Tiens, le docteur Férand, dit Gobais en se levant, est-ce qu'il y a quelqu'un de malade aux Bordes ?

— Il y a, monsieur Gobais, que les Prussiens sont à Bossignies.

— Ah ! bah ! fit l'adjoint en devenant vert.

Puis, après un instant de réflexion :

— Eh bien ! qu'est-ce que vous voulez que j'y fasse ?

— Eh bien ! monsieur Gobais, si les Prussiens sont véritablement à Bossignies, comme on l'affirme, ils seront dans deux jours à Chancenay, demain peut-être...

— C'est vrai, ça...

— Ils viendront lever des impôts dans le pays, prendront les foins et les bestiaux, boiront notre vin et dormiront dans notre lit...

— C'est vrai, ça...

— Et, dans une pareille circonstance, c'est sur vous que toute la responsabilité va retomber.

— Hein ? comment ? demanda Gobais ahuri.

— Dame, en l'absence du maire.

— M. Ravelin a filé?

— Hier soir, par le dernier train.

— Eh bien! nous voilà propres!

— Cela est fâcheux, monsieur Gobais, très fâcheux, pourtant tout n'est pas perdu; vous devenez simplement le premier magistrat du pays...

— Oh! moi... fit l'adjoint sans cacher son inquiétude.

L'ancien galochier avait très peu de confiance en lui-même, et l'annonce de la présence des Prussiens à Bossignies le terrifiait.

— Mais enfin, qui vous a dit ça qu'ils étaient à Bossignies?

— Ce sont des francs-tireurs qui viennent d'arriver après avoir fait le coup de feu à la bataille du Mans.

— Des francs-tireurs, exclama l'adjoint en levant les bras au ciel, voilà le bouquet!

— Les malheureux ont, paraît-il, grand besoin d'être ravitaillés, et je venais vous voir pour...

— Des francs-tireurs, cria encore Gobais, des francs-tireurs qui vont tous nous faire hacher, jamais de la vie!...

— C'est pourtant votre devoir, dit Marcel résolument, devoir de chef de commune, de citoyen, de patriote si vous aimez mieux.

— Monsieur le docteur, répondit l'adjoint, nous ne sommes pas à Paris ici, nous n'avons pas de murailles, de forts et de canons... Quand les Prussiens sauront que nous logeons des francs-tireurs, ils

13

viendront mettre le feu aux quatre coins de Chancenay et ils fusilleront les habitants...

— Cela n'est pas tout à fait exact, monsieur Gobais, il n'y a guère à craindre qu'une chose : c'est
qu'ils s'emparent des autorités et de quelques notables pour les envoyer en Silésie. Si cela nous arrive, eh bien! vive la France! monsieur Gobais; nous
aurons la conscience tranquille.

— Parlez pour vous; moi, j'ai des enfants.

— Et, heureusement pour vous, ils sont élevés.
Vous leur donnerez ainsi le bon exemple, et puis il
y a encore autre chose : M. Ravelin n'étant plus là,
vous allez vous trouver à la peine, mais, la guerre
terminée, vous serez à l'honneur. Que penseriez-
vous d'un bout de ruban rouge, monsieur Gobais?

L'adjoint parut ébranlé.

— Eh bien! soit, on va les ravitailler vos francs-
tireurs; on les nourrira, on les vêtira, on les lo-
gera... mais pas plus d'une nuit.

— Naturellement, fit Marcel avec une fausse bon-
homie, le temps pour eux de reprendre haleine et
d'établir leurs positions en avant du pays; le temps
pour nous de nous réunir à cinquante pour nous
armer et les rejoindre...

— Vous dites, monsieur le docteur? demanda
Gobais en cherchant à comprendre.

— Je dis, monsieur l'adjoint, qu'il y a trente fusils
à tabatière qui nous attendent à la mairie.

— Pourquoi faire? glapit le galochier.

— Pour défendre le bourg.

— Encore !

— Monsieur Gobais, vous allez délivrer les fusils.

— Jamais de la vie ! vous entendez bien, jamais de la vie ! D'ailleurs, je n'ai pas d'ordre de la sous-préfecture.

— Monsieur, dit Marcel gravement, il n'y a plus de sous-préfet, les communications sont coupées autour de nous ; Chancenay a 1,400 habitants, il y a 300 hommes valides, on peut en armer 50 et employer les 250 autres à construire des barricades et faire sauter le pont du Lizeron. Ces 50 combattants, se joignant aux 70 francs-tireurs qui sont dans les bois de Lognes, cela fait 120 fusils ; avec 120 fusils et des munitions on peut tuer un millier de Prussiens, monsieur Gobais.

— Vous êtes fou ! cria l'adjoint en frappant si violemment sur la petite table, qu'il envoya son café noir et son verre de kirsch dans les cendres.

— Monsieur, dit encore Marcel, je ne suis ni sous-préfet, ni lieutenant de gendarmerie, ni maire, ni conseiller municipal ; je suis simple habitant de Chancenay, et je vous somme de faire distribuer les fusils.

L'adjoint regarda le docteur Férand avec des yeux hagards.

— Non, non, non ! hurla Gobais sous le nez de Marcel.

— Eh bien ! dit celui-ci, nous allons les prendre.

Et il sortit laissant l'adjoint pétrifié.

En quelques minutes, il fut sur la place de la mairie. Une quinzaine d'hommes, des galochiers, des carriers, des ravaleurs, étaient là, causant des

affaires publiques et de l'arrivée des francs-tireurs
de Vandresse; cela se savait déjà d'un bout du pays
à l'autre.

Marcel alla au groupe et, en quelques mots,
expliqua de quoi il s'agissait.

On le laissa dire assez froidement; mais quand il
eut fini, l'un des ouvriers, un grand diable, charpenté comme un fort, fit un pas vers le docteur et
cria :

— Bravo!

C'était Goussard, l'amoureux de la Désirée.

Alors, comme la place s'emplissait de monde,
une cinquantaine d'hommes de toutes classes, des
femmes et des enfants, le bravo du carrier eut tout
de suite de l'écho.

Goussard cria encore :

— Enfonçons la porte!...

Et ils se trouvèrent une vingtaine pour prendre de
gros pavés laissés en tas derrière la maison commune et couverts de neige durcie.

Ce fut l'affaire de quelques instants; l'un des
vantaux arrachés, on put en passant le bras soule-
ver la barre de fer intérieure et pénétrer dans la
mairie; mais l'opération était à recommencer pour
la porte de la cave. Ce brigand de Ravelin avait tout
fait barricader.

La dernière porte enfoncée, Marcel fut saisi de
stupeur : la cave était vide.

Alors les ouvriers commencèrent à murmurer.

Y avait-il des fusils, oui ou non ? Où les avait-on
cachés ? Est-ce que l'on se moquait d'eux?

— Je parie, dit Marcel, qu'ils sont chez Gobais.

Il y avait là sept ou huit ouvriers galochiers, et Gobais, leur ancien patron, n'était pas en odeur de sainteté auprès d'eux.

— Chez Gobais! cria-t-on.

En remontant la rue des Bordes, la bande qui n'avait cessé de grossir était bien de deux cents personnes. On allait ainsi sans crier, le bruit des sabots claquant sur la terre gelée et mettant aux fenêtres des visages curieux et pris de peur.

Tout à coup, au milieu de cette course silencieuse et dans la bise qui coupait les figures, on entendit les clairons sonores des francs-tireurs faisant leur entrée dans Chancenay par la porte de Lognes.

Les premiers de la bande atteignaient la maison de l'adjoint; tous s'arrêtèrent, et un formidable cri sortit de ces deux cents poitrines:

— Vive la France!...

Gobais, qui venait d'apparaître sur le seuil de sa porte, sentit ses cheveux se dresser et rentra si précipitamment qu'il heurta dans un tabouret et alla tomber à plat ventre sur le carrelage de la salle basse.

— Les fusils! les fusils! crièrent les galochiers.

Et, Marcel en tête, on se rua à l'intérieur du logis.

Depuis une heure, Marcel n'était plus le même homme, il paraissait transfiguré; c'est à peine s'il songeait encore à la Tuilerie. Il ne voyait plus qu'une masse noire de Prussiens arrivant par la route blanche de Bossignies et dévalant dans Chancenay; l'obsession de jadis allait prendre corps.

— Allons, donne les fusils ! dit-il rudement à l'adjoint en le relevant par le col de son paletot.

Gobais se redressa hébété et répéta en claquant des dents :

— Les fusils ? les fusils ?...

— Et vivement, fit Goussard en levant son bras de colosse, ou gare la peau !

L'adjoint sentit le poing du carrier à hauteur de son visage et, n'ayant plus une goutte de sang dans les veines, il répondit en bégayant :

— Allez donc à la boucherie... je m'en lave les mains... Les fusils sont terrés sous la remise...·dans la cour...

Alors on entra dans la cour et l'on fouilla la remise, fiévreusement, avec rage, culbutant les tonneaux vides, les vieilles mées hors d'usage, les brouettes et les bottes de paille. Dans une encoignure il y avait un tas de briques ; on les enleva une à une, les jetant dans un escalier de cave qui bâillait tout à côté ; et, sous le tas, on finit par découvrir les caisses.

Dans la cour ce fut un hourrah formidable auquel répondit le long cri de ceux qui étaient restés dans la rue, devant la maison de l'adjoint.

Puis Marcel déclara qu'il fallait maintenant faire les choses régulièrement, rester dans la légalité, et transporter les caisses à la mairie pour faire la distribution des fusils et des cartouches et inscrire le nom des hommes de bonne volonté en présence de deux conseillers municipaux.

On écoutait parler Marcel et, quand il eut répété

que le devoir de tous les citoyens était de faire face
à l'ennemi malgré le nombre, dût-on périr jusqu'au
dernier, il fut applaudi avec enthousiasme.

— C'est le docteur qui commandera, dit tout haut
l'un des galochiers.

— Non, mes amis, répondit Marcel; si vous m'en
croyez, nous obéirons tous aux ordres du sergent
resté à la tête des francs-tireurs de Vandresse.

Des bravos éclatèrent autour de lui, mais on ne
voulut pas attendre une minute de plus, on brisa
les caisses et l'on revint à la mairie, portant les
fusils comme en un jour de procession.

En arrivant sur la place, on vit un spectacle nouveau et grandiose. Les francs-tireurs étaient alignés
devant la maison commune et attendaient, l'arme
au pied.

Leur aspect était bien misérable, mais c'étaient
de vrais soldats, et un bout de chiffon tricolore se
balançait au milieu des rangs, noué à la baïonnette
d'un chassepot.

Une longue acclamation partit de la colonne que
conduisait le docteur Férand.

A ce moment, le sergent des francs-tireurs fit rec-
tifier l'alignement, puis commanda :

— Présentez arme !

Les deux clairons sonnèrent aux champs, et le
chiffon tricolore s'inclina devant les patriotes de
Chancenay.

Un souvenir qui fait encore glisser une larme sur
la joue plissée des vieux du pays...

XXII

Elzéar n'avait pu échapper à cette tuile formidable que l'arrivée des francs-tireurs de Vandresse
avait descendue sur sa tête. En qualité de céliba-
taire, il avait dû prendre l'un des fusils à tabatière
que, d'ailleurs, Marcel lui réservait tout particulièrement.

Et c'était tout justement cette perspective, si fort
démoralisante pour Elzéar, qui faisait redoubler
d'activité au docteur Férand.

Celui-ci avait installé les francs-tireurs dans les
chambres, remises et hangars de la Tuilerie, et s'é-
tait concerté avec le sergent qui commandait.

Ce sergent était un vieux de cinquante ans, petit
et trapu, sec de figure et *jamais malade*, un surnom
par lequel ses hommes le désignaient.

C'était l'un des premiers tireurs des Ardennes,

perdant une balle sur quinze et disant avec un incroyable sang-froid, en pressant la détente :

— En voilà une qui est bonne.

Il prétendait en être à son 108ᵉ Prussien, et il répondait de ces 108 coups-là ; les autres avaient mouché seulement.

Le vieux *jamais malade* n'avait hérité jusqu'ici que d'une balle morte qui lui avait fracassé deux doigts de la main gauche et d'une égratignure à la tête : un coup de sabre qui avait négligé de lui fendre la cervelle en deux.

Comme il avait toujours habité la frontière, il parlait l'allemand aussi bien qu'à Francfort, et cela lui avait servi à accomplir devant Orléans un assez joli tour de force : il avait franchi deux fois les lignes prussiennes pour porter des dépêches au général d'Aurelle.

A Baccon, il avait eu le bonheur de descendre un télégraphiste, et il montrait fièrement à Marcel un petit dictionnaire chiffré expliquant les dépêches, qu'il avait ramassé sous une grêle de balles.

— Ça m'a déjà servi, disait-il, ça peut servir encore...

Et, rapidement, la défense du bourg s'organisait. A tout hasard on avait commencé la construction de barricades dans les rues de Chancenay ; Goussard, à la tête des carriers, était infatigable ; le vieux sergent faisait réparer les avaries, comme il disait, causées à sa petite troupe, et Marcel mettait la Tuilerie en état de défense.

Pendant ce temps trente bons citoyens appre-

naient le maniement du fusil à tabatière, une arme
défectueuse, disait Elzéar, qui vous éternue dans la
figure d'une façon ridicule et dont le poids vous
casse les bras.

La principale barricade, celle de la porte de
Lognes, était à peine terminée qu'une nouvelle grave
arriva à Chancenay : Mlle Hautecœur reçut de Bous-
signies une dépêche chiffrée apparemment destinée à
Vendôme.

Marcel et le vieux sergent se rendirent aussitôt au
bureau du télégraphe et, le petit dictionnaire con-
sulté, on put lire la phrase suivante :

« La ligne du Loir, de Vendôme à Bossignies,
» est-elle libre ? Peut-on faire passer convois ? »

Ce à quoi il fut répondu immédiatement, toujours
à l'aide du dictionnaire chiffré :

« La ligne du Loir est sans défense. »

Et, sur-le-champ, on se réunit à douze ou quinze
à la mairie, Marcel, Gendrin, le sergent, le briga-
dier de gendarmerie, trois ou quatre conseillers
municipaux et des notables. On décida qu'il fallait,
sans perdre une minute, faire sauter le pont du
Lizeron et faire occuper les bois de Lognes, bordant
la grand'route, par les francs-tireurs, appuyés derrière la Tuilerie et la porte par les cinquante fusils
de Chancenay.

Gendrin demanda à diriger les travaux de mine
pour éventrer le pont ; le pont qu'il avait construit
sept ans auparavant !...

Lorsqu'il fallut mettre le feu à la traînée de

poudre, il ne voulut pas laisser faire Goussard et approcha lui-même l'allumette enflammée.

Dix secondes après le pont s'effondrait au milieu, d'une explosion formidable ; la route de Bossignies était coupée.

L'opération avait été très heureusement combinée et tout était préparé pour recevoir les convois attendus.

Marcel avait eu raison de croire en les patriotes de Chancenay.

A cette heure Alice était inquiète, mais Marcel ne remarquait pas plus l'inquiétude de celle qui l'avait tant fait souffrir qu'il n'avait remarqué le changement survenu dans le cœur de la jeune femme.

Le 24, dans l'après-midi, lorsque les vedettes, après s'être repliées au pas de gymnastique, eurent signalé l'approche des convois, Marcel, qui commandait une vingtaine de tireurs placés derrière le mur du jardin faisant face à la route, vint embrasser les siens : Alice et Gendrin, la vieille marraine Hautecœur réfugiée depuis quelques jours à la Tuilerie, et la petite cousine Marguerite. Gendrin, qui était armé également, restait avec les femmes pour les rassurer ; Elzéar devait être à la porte de Lognes.

Les deux époux demeurèrent seuls quelques instants.

— Sachez bien, dit Alice à son mari, que si je vous laisse vous éloigner de moi, c'est qu'un devoir impérieux commande ; lorsque l'époux prend les armes pour défendre les êtres qui lui sont chers, la

femme doit se grandir à sa hauteur et oublier que
le destin est aveugle.

— Tranquillisez-vous, répondit Marcel sans remarquer l'agitation nerveuse qui s'était emparée de
la jeune femme, le danger n'est pas aussi grand
que le courage de chacun.

— Qui sait !

— Eh bien ! chacun fera son devoir, et si la situation devenait encore plus grave, si tout était dé-
sespéré, les femmes sauraient garder pieusement le
souvenir de ceux qui voulurent tenter l'impossible.

— Oh ! pourquoi me dites-vous cela ?

— Parce que, comme vous l'observiez tout à
l'heure, le destin est aveugle. L'être fort doit être
toujours prêt, quoi qu'il arrive ; il ne doit pas oublier que le baiser donné à la fin de la journée peut
être un baiser d'adieu...

— Ah ! dit Alice, la voix à demi étranglée, il me
semble que je n'ai pas le même courage que vous.

— C'est donc que vous n'avez jamais envisagé la
perspective d'une séparation...

— Non, jamais... fit la jeune femme en baissant
la tête pour cacher une larme.

— Moi j'y songe depuis longtemps, dit froidement
Marcel.

— C'est vrai, pensa Alice en songeant à ces sept
mois de mariage si tristes et si complètement
perdus.

Puis, tout haut et vivement :

— Alors vous partez sans un regret ?

— Oh ! vous ne le croyez pas. Mon cœur se serre

en songeant que le lien si parfait qui nous unit peut
se briser tout à coup. Du moins sais-je en vous quittant que votre avenir est assuré et que le bras d'un
père est là pour remplacer celui de l'absent.

Tous ces mots, que Marcel disait simplement, lo-
giquement, ayant oublié ce grand amour qui était
autrefois toute sa vie, venaient frapper Alice en
plein cœur.

Elle fut sur le point de se jeter dans ses bras et de
lui demander, la voix entrecoupée de sanglots :

— C'est donc à votre tour de ne plus aimer ?

Mais, tout à coup, il partit du côté des bois de
Logues un crépitement de fusillade extrêmement
vif ; Marcel se précipita vers la fenêtre, l'ouvrit et
commanda : Tout le monde à son poste !

Puis, il se tourna vers Alice et lui mit un long
baiser sur le front.

La jeune femme tressaillit sous ce baiser.

— N'avez-vous rien à me dire ? fit-elle en regardant Marcel bien en face.

Et celui-ci, tant sa préoccupation était grande,
tant son amour avait pâli, ne trouva qu'un *au revoir*
décoloré, presque sombre.

Alice se sentit défaillir.

A ce moment, une détonation longue et sourde se
fit entendre dans la campagne, un petit nuage blanc
parut au-dessus du Lizeron, et un obus vint creuser
sur la route, à cinquante mètres de la Tuilerie, un
sillon étroit, faisant voler une bordée de cailloux.

L'escorte avait du canon.

Marcel descendit retrouver ses hommes.

Arrivé au mur du jardin, il alla se poster vers la gauche, à une meurtrière voisine de celle occupée par le carrier Goussard.

— Eh bien ! monsieur le docteur, fit celui-ci, comment trouvez-vous la pilule ? Est-ce qu'ils appellent ça tirer au petit plomb ?...

— C'est parfait, répondit Marcel, cela n'aura pas l'air d'un assassinat.

— On nous aurait dit ça il y a seulement trois mois, dit encore Goussard à Marcel ; vous vous souvenez, quand vous êtes arrivé ici, dans le jardin, pour m'empêcher de faire des bêtises...

— C'est vrai, je l'avais oublié.

— Moi pas. Voyons, la main sur la conscience, c'est-i vrai que la Désirée a été votre maîtresse ?

— Que signifie ?...

— J'ai besoin de le savoir pour ma tranquillité, fit le carrier en redressant son fusil et en regardant fixement le docteur ; je vous dirai pourquoi après.

— Eh bien ! répondit Marcel en se rapprochant de Goussard, je vous affirme qu'il n'y a jamais rien eu entre la Désirée et moi.

— Ça tombe bien, dit le carrier en retournant à sa meurtrière.

Au même instant, on entendit un nouveau coup sourd qui fit claquer les vitres de la Tuilerie, et tout un pan de mur vint s'effondrer avec un bruit terrible entre Goussard et le docteur Férand.

Tous deux furent renversés. Mais on vit bientôt Marcel se relever et courir au carrier qui avait reçu un éclat de pierre au front.

La blessure était légère; elle saignait abondamment, mais ne mettait pas la vie de l'homme en danger.

— Mouché ! dit Goussard, lorsqu'il fut revenu de son étourdissement, et sans avoir seulement couché un Prussien.

— Ça ne sera rien, fit Marcel ; un carré d'amadou, deux bandes de toile et il n'y paraîtra plus.

— Alors vous croyez que dans trois semaines ?

— Dans huit jours la cicatrice sera fermée.

— Ah ! tant mieux, dit le blessé tout bas à Marcel, pendant qu'on le ramenait à la Tuilerie, c'est que, voyez-vous, maintenant que je suis marié...

— Ah !...

— ... Et avec la Désirée...

En parlant il examinait curieusement le docteur.

— Eh bien ! fit celui-ci en souriant, tranquillisez-vous, je vous jure que vous serez encore en état de lui faire oublier la petite scène du jardin.

De l'autre côté du Lizeron on entendait les clairons des francs-tireurs sonner la charge.

XXIII

Voici ce qui s'était passé aux bois de Lognes.

Les francs-tireurs, établis en quart de cercle, face à la route, et dissimulés derrière des tas de fagots et de bois de boulange, avaient attendu pour tirer le premier coup de feu l'arrivée des éclaireurs d'avant-garde à deux cents mètres du pont. A deux cents mètres, on voyait de la route l'éventrement du pont, caché jusque-là par un tombereau laissé vide et deux claies de cantonnier dressées sur les bas-côtés.

A ce moment le convoi et l'escorte d'arrière-garde étaient engagés dans cette sorte de tranchée que formait la route, et les derniers dragons arrivaient à hauteur du premier bouquet de bois dans lequel vingt hommes du vieux sergent étaient blottis.

Ce dernier jugeait maintenant que la besogne allait être dure.

En effet, à la suite d'une inspection rapide, il avait estimé que l'escorte était forte d'au moins deux cent cinquante hommes, que les prolonges allaient offrir à l'ennemi un abri sérieux, et que l'arrière-garde possédait trois caissons d'artillerie et deux pièces de campagne calibre 7.

Le vieux *jamais malade* comprit que la première besogne consistait à supprimer les servants de batterie, et il fit passer des ordres en ce sens à tout son monde au moyen du petit Charlot, entrevu un instant à la Tuilerie, lequel rampait dans les broussailles comme une simple couleuvre.

Les dragons allaient doucement, au petit pas de leurs chevaux, enveloppés de leur manteau et fumant la pipe de porcelaine; quelques-uns chantonnaient à l'unisson et un refrain lourdement scandé revenait à chaque instant accompagnant la cadence du cheval. Les éclaireurs de tête et de queue avaient le revolver au poing.

En tête du premier peloton marchait un officier qu'on ne pouvait guère reconnaître qu'à la casquette galonnée de rouge et aux éperons nickelés.

Tout à coup le sergent mit un sifflet entre ses lèvres et épaula son arme; un coup de feu partit en même temps qu'un sifflement aigu auquel répondit une décharge de soixante-dix balles.

L'officier de dragons, trois servants, et une vingtaine de cavaliers vidèrent les étriers, les chevaux se cabrèrent, et trois ou quatre cris de Die Freischützer ! *les francs-tireurs!* furent poussés au milieu de l'escorte.

14

Pourtant, le premier moment de désordre passé, les dragons mirent pied à terre, à l'exception de quelques hommes qui essayèrent de prendre le galop pour retourner sur Bossignies, mais qui ne purent dépasser le bouquet de bois où vingt balles les attendaient.

En l'espace de quelques secondes. les chevaux furent placés derrière le convoi ainsi que les deux pièces, et les dragons se jetèrent dans le fossé.

Les francs-tireurs envoyèrent alors une nouvelle bordée, mais sans résultats sérieux, les dragons tirant de même presque sans voir d'où partaient les coups.

C'était à qui ne se découvrirait pas.

A ce moment, les Prussiens envoyèrent un obus dans la direction de Chancenay. sans doute pour effrayer le bourg, et pointèrent la seconde pièce sur les tas de fagots entre lesquels on voyait, maintenant, sortir des traînées blanches.

Jamais malade songea qu'il n'y avait pas une minute à perdre et, laissant vingt hommes en face de l'ennemi pour répondre par un feu continu aux décharges des dragons, il se dirigea à plat ventre avec les quarante autres pour gagner l'extrémité du bois et prendre la route et ses fossés en enfilade.

Ce mouvement tournant exécuté, le sergent fit sonner la charge, et l'on commença à tomber sur les Prussiens.

On était encore soixante contre deux cents.

Pourtant, les hommes restés dans le bois, derrière les tas de fagots, continuant à tirer, les dragons crurent à l'arrivée d'un renfort, et la moitié de l'escorte fit volte-face pendant que la pièce pointée sur Chancenay envoyait de nouveaux obus dans la direction de la vieille porte. Maintenant les coups portaient mieux et l'un des obus venait d'ouvrir la barricade.

Alors les francs-tireurs se ruèrent sur le convoi à coups de baïonnette, dirigeant tous leurs efforts vers ces pièces qui crachaient toujours, pourvues par des servants tenaces ; et là, un combat terrible s'engagea, homme à homme, quatre contre douze, mais avec un avantage réel pour les francs-tireurs, lestes comme des chats ou des gymnastes, qui paraient chaque coup de sabre par un coup de baïonnette plantée en plein ventre.

Les pièces prises et culbutées, le vieux sergent s'aperçut qu'il restait seul avec vingt hommes en face d'une centaine de Prussiens. On n'était plus qu'à cinquante mètres du pont.

Un nouvel effort allait anéantir les uns et les autres ; la situation devenait grave.

Tout à coup on aperçut sur la route, entre le Lizeron et la Tuilerie, les cinquante défenseurs de Chancenay qui arrivaient au secours des francs-tireurs.

Courant au pas de gymnastique, serrés les uns contre les autres, ils paraissaient rouler dans la neige comme une grosse motte de terre lancée par quelque catapulte invisible ; se détachant à quelques pas en avant, trois hommes les conduisaient : l'un petit de taille et d'apparence délicate, l'autre bâti en colosse, la tête enveloppée d'un mouchoir ; le troisième, vieillard à cheveux blancs.

Gendrin, Marcel Férand et Goussard ; Goussard qui avait retrouvé ses forces pour courir sus aux Prussiens.

En les voyant, les dragons se sentirent perdus, mais ils ne songèrent pas à se débander et formèrent un dernier carré pour faire face aux nouveaux assaillants.

Alors, comme ils atteignaient le bord de la rivière, ceux de Chancenay commencèrent à crier : « Rendez-vous ! rendez-vous ! » pendant que les francs-tireurs pris de rage hurlaient de l'autre côté :

— Pas de quartier ! à mort !...

A ce moment on ne tirait plus, ni d'un côté ni de l'autre, et les dragons attendaient, le revolver dans la main gauche et le sabre en garde, prêts à faire le moulinet.

On se mit encore à crier : « Rendez-vous ! » pendant que les francs-tireurs abaissaient la baïonnette, mais les dragons s'obstinaient.

Voyant cela, Marcel sauta le premier dans la rivière, à un endroit où quatre gros moellons de l'arche détruite formaient un passage un peu moins dangereux, et, heurté par les glaçons, il traversa avec de l'eau jusqu'à la ceinture, suivi par Gendrin, Goussard et le reste de la petite troupe. Puis, Marcel toujours au premier rang, on se précipita sur la ligne des sabres qui se levèrent aussitôt au-dessus des têtes, pendant qu'une décharge de revolvers dégageait les dragons pour une seconde.

A travers les jurons et les cris de douleur, on commença à tirer sur les Prussiens presque à bout portant, resserrant de plus en plus le cercle de fer, et, dans un pêle-mêle horrible, ayant bientôt épuisé les munitions et jeté à terre les fusils dont les baïonnettes étaient faussées, on sauta à la gorge des dragons qui tombaient en râlant les uns sur les autres.

Cela dura un grand quart d'heure — presque jusqu'à la chute du jour, disent encore les gens du pays — puis une quinzaine de dragons, les derniers, purent se faire une éclaircie et se jetèrent dans les champs, essayant de gagner la lisière des bois. Mais il y avait encore quelques balles à tirer et, dans le blanc de la neige, on acheva de canarder les fuyards à vestes bleues et à bottes noires.

Pas un n'avait échappé.

Alors on se compta.

Les francs-tireurs restaient à seize et le vieux *jamais malade* avait reçu une balle de revolver dans le front; il gisait étendu sur le dos, les bras en croix, un petit trou rond entre les deux yeux. A quelques pas du sergent, le gamin de dix-sept ans, ployé en deux, un coup de sabre dans le ventre. L'enfant et le vieillard avaient encore la bouche grimaçante et des bavures rouges entre les dents; dans la lutte corps à corps ils avaient dû mordre.

Du côté des patriotes de Chancenay, une trentaine de blessés et vingt morts, parmi lesquels Gendrin. Le brave homme avait été frappé au cœur.

Couché dans l'un des fossés, Goussard était évanoui, le visage inondé de sang, les bandes de toile qui fermaient sa blessure de la Tuilerie arrachées, l'aspect horrible.

Au milieu des cadavres, debout et soufflant avec force, les vêtements en lambeaux, l'œil injecté, effrayant, Marcel demeurait sans une blessure.

La mort n'avait pas voulu de lui.

L'homme croyait sortir d'un cauchemar et, le regard perdu, il semblait chercher du côté de Bossignies pour voir s'il venait encore d'autres Prussiens.

Cette minute d'effarement terrible enfin passée, Marcel songea aux blessés et aux morts, et, la route étant coupée, des brancards de prolonges furent seuls utilisés pour ramener à Chancenay un premier convoi.

A ce moment les habitantes de la Tuilerie étaient dans des transes épouvantables. Alice et la marraine Hautecœur, atterrées, tremblantes, le visage baigné de larmes, se tenaient les mains, sans un mot, n'osant regarder cette route où quelque chose de blanc flottait encore dans l'air et tranchait sur le sombre du bois.

Marguerite songeait à Elzéar. Tout Chancenay attendait haletant.

Enfin, lorsqu'on aperçut au loin des hommes portant un drapeau tricolore repasser la rivière et se diriger vers le bourg, cinquante, cent, deux cents personnes, des femmes surtout, n'y tinrent plus ; on sortit des maisons, des caves, et l'on se répandit sur la route. Puis le groupe qui venait de la Tuilerie vint se fondre dans la masse qui arrivait de Chan-

cenay et deux femmes marchèrent en tête : Alice et
la Désirée.

Tout à coup on vit distinctement les premiers
brancards ; mais parmi les vivants on ne pouvait reconnaître personne, tant les visages étaient devenus
méconnaissables, les démarches alourdies, presque
titubantes.

Et pourtant la petite troupe approchait ; comme
on allait à sa rencontre presque en courant, il s'en
fallait maintenant de cinquante mètres pour que
l'on pût se jeter dans les bras les uns des autres ;
et le trouble était si grand qu'on ne distinguait toujours rien. L'œil cherchait sans voir.

Quelques secondes encore et l'on se touchait.

Alors deux cris partirent chez les femmes : Alice
et la Désirée n'apercevaient pas Marcel.

Pareillement aveuglées, toutes deux regardaient
indifférentes presque, celle-là le cadavre d'un père,
celle-ci le corps inanimé d'un mari, et leurs regards
cherchaient encore, cherchaient toujours...

Brusquement, entre les civières improvisées qui
portaient Gendrin et Goussard, Marcel leur apparut.

Le même cri sortit de leurs lèvres :

— Il est vivant !...

Puis les deux femmes se regardèrent, l'œil plein de
haine, comme jadis dans la grande salle de la Tuilerie, alors que Marcel était caché derrière une ten-
ture ; et Goussard, revenu à lui, eut, en entendant
ce cri d'amour suprême, une menace sauvage à
l'adresse du docteur Férand.

L'homme aimé reconnu, touché, Alice songea

alors au père qui n'était plus, la Désirée au mari dont les jours étaient en danger.

A ce moment il se produisit un événement presque grotesque tant il était invraisemblable : Elzéar arrivait en arrière de la colonne, les vêtements en loques, la figure barbouillée de sang et les mains souillées. Il traînait un cadavre de dragon.

Son *huitième*, affirmait-il.

D'où venait donc Elzéar?

On ne l'avait vu nulle part, ni à la Tuilerie, ni à la barricade de la porte, ni au combat sanglant des bois de Lognes.

Lui, au bois de Lognes, allons donc !

Elzéar y avait passé toute la nuit et la matinée... embusqué dans une vieille hutte de charbonnier, bien à l'abri des balles et des coups de sabre.

La bataille terminée, il avait quitté le refuge et s'en était allé cueillir une victime sur le lieu du combat.

Ah! par exemple, il avait eu joliment du mal à traîner ce Prussien qu'il tenait à montrer à Marguerite.

Mais, à cette heure, Marguerite doutait.

— Alors, vous n'êtes pas blessé, mon ami?

— Mais non, quelques coups à la tête seulement.

— Ah!... seulement... Moi je m'imaginais que vous reviendriez avec une blessure un peu sérieuse...

Et, froidement, elle tourna le dos.

XXIV

L'armistice était signé depuis cinq jours lorsque les Prussiens cantonnés à Bossignies apprirent l'épouvantable combat des bois de Lognes et l'anéantissement de l'escorte.

Chancenay échappait à un massacre.

Chose singulière : l'ennemi faisait tous ses efforts pour qu'on ne connût pas ce désastre. C'est que l'anéantissement avait été si complet que l'on pouvait croire à l'existence de forces encore vives de ce côté-ci de la Loire, et il était habile de ne pas faire remarquer que la résistance était encore possible en ce pays.

A leur grande surprise, les notables de Chancenay ne furent pas inquiétés, et Marcel, qui s'attendait toujours à être pris et fusillé, ne savait s'il devait croire à quelque intervention miraculeuse.

Vers le milieu de février, peu de temps après la réunion des membres de l'Assemblée Nationale à Bordeaux, il vit arriver à la façon d'un revenant son ami Alcide Maron.

Ils se jetèrent dans les bras l'un de l'autre.

— Hein ! que de choses...

Ils ne trouvaient rien autre à se dire pour commencer.

Enfin Marcel raconta en quelques mots sa maladie et la défense de Chancenay. Ah ! on la connaissait bien déjà à Bordeaux, la défense du glorieux bourg, et l'on savait quel avait été le rôle du docteur Férand.

Puis Alcide annonça une grosse nouvelle : il était nommé député à l'Assemblée Nationale.

En disant cela, le député Alcide Maron tirait gravement un pli cacheté et un numéro de journal.

— Décachète, pour me faire plaisir...

Le docteur Férand était nommé chevalier de la Légion d'honneur pour sa belle conduite, étant resté seul au chef-lieu de canton et ayant organisé la défense héroïque de Chancenay.

— Mais c'est faux, je n'étais pas tout seul ! fit Marcel.

— Peut-être, mais ce qui est vrai, c'est que le gouvernement récompense en toi les bons patriotes... Entre nous, mon bon vieux, tu l'as bien méritée cette décoration, et je n'ai pas perdu mon temps en la demandant pour toi.

— Comment ! c'est...

— Eh ! oui. Voilà l'*Officiel*, tu es dedans. Ah ! si tu

savais avec quel plaisir j'ai quitté Bordeaux pour quelques heures afin de t'apporter ça moi-même.

Et Alcide embrassa vigoureusement Marcel.

Ce dernier était doucement ému.

Alcide oubliait de demander à Marcel des nouvelles de sa femme, Marcel ne songeait pas à parler d'Alice.

Pourtant, au bout d'un temps assez long, le nouveau député retrouva dans son souvenir plusieurs visages entrevus rapidement à la Tuilerie lors de sa première visite.

— Et la bonne demoiselle Hautecœur ?

— Toujours vaillante ; c'est elle qui interceptait les dépêches et encourageait les femmes à la résistance.

— Ah ! le brave cœur ! nous tâcherons de lui faire une petite surprise un de ces jours. Maintenant, chez toi, ta femme ?

— Plongée dans les larmes depuis la mort de son père qu'elle peut m'accuser d'avoir fait tuer...

— Comment ?

— Gendrin a été frappé au bois de Lognes.

— Ce sont là des douleurs que le temps sait calmer. A propos, ton beau-père avait une nièce, si je me souviens bien ?

— Marguerite.

— Qui devait se marier, je crois, ou dont le cœur était pris du moins.

— Peste ! tu as de la mémoire.

— Je puis bien le dire à toi, je ne risque pas de

paraître ridicule : j'ai songé bien souvent à ta cousine pendant ces cinq mois de siège.

— Bon, amoureux ?

— Peut-être.

— Et tu désires savoir si le cœur de Marguerite est toujours...

— Enchaîné.

— Eh bien ! non.

— Tu dis vrai ?

— Absolument. Ce cœur s'est repris, et c'est encore la défense de Chancenay qui en est cause : le tendre objet de cet amour ne s'est pas montré à la hauteur des événements, le héros a eu peur...

— De façon que si je venais te dire...

— Mon bon ami, un seul mot : Marguerite n'a pas de fortune. Ta nouvelle situation peut éblouir une jeune femme et je crains...

— Que crains-tu ?

— Que Marguerite consulte moins son cœur que certain orgueil naissant.

— Eh bien ! cela est très simple ; annonce-lui que monsieur Alcide Maron, employé, ou cultivateur, n'oublions pas que j'ai toujours une ferme en Beauce, aspire à l'honneur de devenir son mari. De cette façon, si je réussis, je saurai que ce n'est pas au vernis du député que je le dois.

— Diable ! ton désintéressement va peut-être trop loin.

— Eh bien ! arrange cela comme pour toi, et si tu vois que tes ouvertures ont quelque chance de succès, vite un mot à Bordeaux, et j'arrive en toute

hâte pour faire ma cour entre deux séances. Le
mariage pourrait avoir lieu d ans six mois, juste le
temps de laisser s'apaiser la douleur que cause dans
cette maison un deuil cruel...

Et le lendemain matin, en quittant Chancenay, le
député Alcide Maron, de plus en plus ravi, disait
encore à son ami Marcel :

— Surtout ne manque pas de lui faire remarquer
que j'ai eu pendant toute la durée du siège la vision de ses cheveux cendrés et de ses lèvres mali-
cieuses.

XXV

Plusieurs semaines s'étaient écoulées et le calme était revenu à Chancenay. Seuls les habitants de la Tuilerie se croyaient encore au lendemain de cauchemars terribles : après la maladie de Marcel, la mort de Gendrin, après de longs mois tristes et les événements multiples des derniers temps, la catastrophe finale, des morts pleurés dans chaque hameau, un grand deuil porté par la France entière et comme un cri d'angoisse s'échappant de milliers de poitrines et venant frapper douloureusement Marcel.

Le docteur Férand était tenté de se reprocher la défense de Chancenay ; sans ce hasard providentiel de l'armistice arrivant au lendemain de ce coup de folie patriotique, qui eût pu répondre des suites ? Avant, la réflexion n'était pas possible, il ne pouvait

être question de reculer devant un danger si grand
qu'il pût être; mais aujourd'hui que cette résistance
enragée était restée sans représailles, aujourd'hui
qu'un bout de ruban rouge était venu fleurir à la
boutonnière du héros de Chancenay, donnant aux
envieux l'occasion de parler tout haut de cet armistice arrivé à temps, Marcel doutait presque de lui-
même et du but grandiose qu'il avait espéré atteindre.

Ainsi il naissait autour de lui des jalousies sourdes;
on disait que la défense de Chancenay avait été un
coup monté, que le docteur Férand avait des amis
puissants parmi les *rouges*, que lui-même était com-
munard et par conséquent anti-religieux, et que sa
croix ne tenait qu'à un fil : une fois la République
partie, on verrait à faire casser tout ça...

Le nombre des morts, à la suite du combat de
Lognes, ayant atteint la trentaine, on lui reprochait
ces trente morts et, auprès des familles, on jouait
des cadavres qui avaient droit aussi, disait-on, à
leur part du ruban rouge.

De petites infamies qui avaient fait tout d'abord
hausser les épaules au jeune médecin, mais qui lui
arrachaient maintenant des menaces à l'adresse du
curé, ce petit abbé Glacheux qui n'avait plus remis
les pieds à la Tuilerie depuis l'affaire de *la Rurale*,
et qu'il accusait de conspirer contre lui.

Marcel avait dit un jour dans un café :

— Il ne quittera donc pas le pays?... il faudra donc
le pousser dehors?...

Dans ces dispositions d'esprit, Marcel ne ressem-

blait plus que de très loin au Marcel énergique et
décidé à tout des semaines précédentes, il redeve-
nait sombre comme avant sa maladie et, avec ce
souvenir du curé qui avait voulu lui prendre sa
femme, il lui revenait à la mémoire les mille petits
incidents qui avaient marqué son amour malheureux : toutes les tristesses d'une union manquée...

Oh! il ne tenterait plus rien maintenant, il s'a-
vouait vaincu ; à quoi lui servirait de reprendre ce
rôle de mari empressé ? il n'arriverait point à faire
sortir de ces lèvres froides les mots si longtemps
attendus : « Je t'aime!... »

C'était une existence perdue, un deuil à prendre.

Singulier retour : c'était Alice qui essayait des
avances maintenant et Marcel qui devenait insen-
sible. Il ne comprenait pas que la jeune femme ne
pouvait dire : « Mais je t'aime! je t'aime à présent!... » et, dans la tristesse où il s'enfonçait, les
marques de tendresse données par l'épouse passaient inaperçues ou incomprises.

A cette heure Mlle Gendrin voulait devenir tout à
fait Mme Férand, et si elle souffrait de la froideur
que témoignait Marcel, elle n'était pas injuste : elle
reconnaissait que toute la faute venait d'elle-même
et qu'un grand sacrifice lui restait à faire pour conquérir ce mari qu'elle avait dédaigné, sacrifice de
son orgueil qui l'amènerait fatalement un jour ou
l'autre à dire à Marcel :

— J'ai été trop longtemps folle et coupable, je n'ai
pas cru en toi, mais aujourd'hui je vois clair et je
viens demander mon pardon.

Comme tout cela était grave ! Ne risquait-elle pas
en parlant ainsi d'arriver trop tard et, qui sait, de
trouver pris ailleurs peut-être ce cœur méconnu,
froissé ? Dans son esprit, cette femme qu'elle avait
chassée autrefois, la Désirée, se dressait menaçante
et, à ses oreilles, résonnaient les menaces de l'amoureuse dédaignée :

— Prenez garde ! je vous le prendrai ce mari que
vous ne savez pas aimer !...

Alice craignait la grande brune, à présent la femme
du carrier Goussard.

Si, à distance, elle avait pu lire dans le cœur de
celle-ci, la crainte qu'elle éprouvait se serait chan-
gée en terreur.

La Désirée s'était jetée dans les bras du carrier
par rage ; elle ne pouvait avoir Marcel, tout lui devenait donc indifférent, et puisque Goussard disait
qu'il l'aimait, autant lui qu'un autre ; elle avait été
lui dire :

— Si tu veux toujours de moi ?...

Et voilà comme ils s'étaient mariés.

Accouplement plutôt qu'union. Ces deux tempéra-
ments violents se heurtaient presque chaque jour, et
les étreintes farouches de la lune de miel étaient
déjà loin. Depuis le long cri d'angoisse poussé par
la Désirée après le retour des bois de Lognes, Goussard était jaloux, d'une jalousie féroce qui lui faisait
par instants frapper la pierre de son pic comme
on frappe un être dont on veut la vie.

La grande brune avait cruellement souffert de
cette jalousie, maintenant elle songeait qu'elle pour-

rait s'en servir un jour ; s'en servir pour se venger
de la femme qui l'avait méprisée, de l'homme qui
n'avait pas voulu d'elle.

Longtemps elle avait retourné tout cela dans sa
pensée ; ce qu'elle préméditait était bien abominable,
et tout son amour couvé de longs mois à petit feu
n'excuserait pas l'acte de vengeance préparé froidement. Mais le cerveau n'était pas organisé pour
peser le pour et le contre, et puis le cœur et le
corps souffraient trop : le cœur du dédain témoigné
par l'être aimé, le corps des caresses brutales de
l'autre.

Lorsque Goussard la tenait serrée contre lui, elle
bégayait un nom qui n'était pas celui du mari ; et
plus d'une fois il lui était arrivé de bégayer assez
haut pour être entendue et voir les caresses se
changer en coups.

Un jour, elle avait osé dire au carrier que le docteur Férand entrait de temps en temps en passant
pour aller faire sa tournée du côté de Vernouillet.
Alors Goussard s'était emporté, pris d'une colère
terrible, traitant sa femme de haut en bas et disant
qu'il se doutait de quelque chose. Mais tout cela devait finir ; tant pis pour celui qui viendrait à portée
de son revolver !

Et la Désirée avait été lancée le long du mur par
une claque qui aurait pu assommer un enfant.

Il y avait longtemps qu'elle cherchait ça ; maintenant Goussard était à point.

— Eh bien! lui dit-elle, écoute, j'en assez de
cette vie-là. Tu parles toujours de ton honneur, et

pourtant tu savais bien que j'avais été la bonne du docteur Férand — elle disait *la bonne* comme d'autres disent *la maîtresse ;* — il serait vraiment temps de montrer ce que tu es...

— Prends garde à ce que tu vas dire.

— Je n'ai plus peur, et puis tu n'oseras plus me frapper quand tu sauras tout.

— Tout, quoi?

— C'est vrai que j'ai eu des relations avec le docteur, et de mon plein gré encore, mais c'était avant notre mariage, et tu n'as pas le droit de m'en demander compte aujourd'hui. Depuis, j'ai été obligée de le subir ; quand il venait ici il me disait que si je refusais de faire ce qu'il voulait, il irait te dire que c'était moi qui l'attirais... Alors, comme j'avais peur de toi, je me taisais, espérant qu'il en arriverait à me laisser tranquille. Aujourd'hui je vois bien qn'il faut en finir, et, que tu en finisses comme tu voudras, entends-tu, ça m'est bien égal. Dans le temps, quand j'aimais encore M. Férand, si tu avais parlé de toucher à un de ses cheveux, je t'aurais sauté à la figure pour te mordre ; à présent que je sens toute ma faute envers toi, je te laisserai bien faire tout ce que tu voudras. Moi aussi je veux en terminer.

— Bien vrai?

— Bien vrai!

— Tu te tairais, s'il fallait te taire?

— Oui.

— A nous deux la chose ne serait pas difficile.

— La maison est à l'écart.

— Et en se ménageant un alibi...

— Ça n'est même pas nécessaire, tu n'aurais qu'à dire que tu nous as trouvés tous les deux. On ne pourrait pas te condamner : un mari qui venge son honneur.

— Tu as raison.

— Ça se voit tous les jours, et puis tout le pays serait pour toi.

— Je le crois, une canaille qui fait tuer les autres pour être décoré. Ça sera faire d'une pierre deux coups.

Et le carrier fit le geste d'épauler.

— A quel moment vient-il ici?

— Écoute, dans le jour il n'y aurait rien à faire; il faudrait l'attirer le soir.

— C'est juste, à la nuit.

— Tu attendrais qu'il sorte...

— Derrière la haie du clos aux Bertin tout près des anciennes tourbières.

— Maintenant il nous faudrait un motif pour l'amener ici la nuit.

— On peut lui faire dire que je suis au plus bas; comme il ne sait pas que je suis tout à fait guéri de ma blessure à la tête, il viendra à n'importe quelle heure.

— Pour ça, c'est un bon médecin.

— On le verra bien s'il trouve le moyen de se guérir après être sorti d'ici.

— Goussard, tu me fais trembler.

— Est-ce que tu recules?

— Non. Tant pis pour ceux qui méprisent les autres !

— Tu viens de te trahir, la Désirée ; je sais maintenant pourquoi tu me pousses à te venger du docteur Férand, c'est parce qu'il ne veut plus de toi.

La grande brune lâcha une insulte grossière.

— Eh bien ! ça ne fait rien, reprit Goussard, capon qui s'en dédit ; je te jure bien que tu n'auras plus envie de courir après lui quand tu verras l'état dans lequel je l'aurai mis.

— Tu ne vois donc pas que si je me rends ta complice, c'est parce que je n'aime que toi ?

— Redis ça encore un peu ?

— Oui, répéta la Désirée, je n'aime que toi depuis que c'est fini avec lui.

Et son regard troublant restait attaché sur le carrier.

— Tu le jures au moins ?

— Je le jure.

— Ah ! je savais bien que tu étais une vraie femme ! s'écria Goussard en saisissant la Désirée à pleins bras et en couvrant de baisers sauvages la joue qu'il avait meurtrie un quart d'heure auparavant.

Sous les caresses du mari, la grande brune réfléchissait que, pourtant, si le docteur voulait bien, elle trouverait encore le moyen de lui faire éviter le revolver de Goussard.

XXVI

Le surlendemain du jour où avait eu lieu cette conversation, vers les neuf heures du soir, c'est-à-dire à la nuit close, un gamin du bout des Bordes s'en vint à la Tuilerie prévenir le docteur Férand que la blessure du carrier Goussard s'étant rouverte subitement, on craignait qu'il ne vît pas le matin.

Marcel, jugeant que le cas pouvait être grave, quitta aussitôt le travail qu'il continuait à élaborer sur la médecine des campagnes et, rassemblant rapidement quelques instruments de chirurgie et des bandes, il se trouva prêt à partir en quelques minutes.

Alors le gamin prétexta une autre course à faire, aller prévenir le patron à Goussard, et il expliqua au docteur le chemin qu'il devait prendre : traverser les Bordes, suivre la route pendant dix minutes et prendre à gauche le chemin pierreux qui longeait les anciennes tourbières ; la maison habitée par le carrier était au bout du clos aux Bertin, Il n'y avait pas à se tromper.

Tout cela représentait une bonne demi-heure de trajet ; en arrivant Marcel pouvait se trouver en face d'une opération longue et difficultueuse à pratiquer ; il ne serait certainement pas de retour avant minuit.

Alice était chez elle en compagnie de la marraine Hautecœur et de Marguerite ; les prévenir qu'il rentrerait peut-être tard serait pour les tourmenter ; aussi Marcel se contenta-t-il de dire à la bonne qu'on venait le chercher pour un cas urgent.

Et il sortit après avoir pris son revolver ainsi qu'il avait coutume lorsqu'il sortait du bourg à la nuit.

Sur la place de l'église, Marcel rencontra le petit abbé Glacheux qui sortait du presbytère ; il eut d'abord la pensée de l'éviter et de gagner le trottoir opposé, puis il trouva cela indigne de lui et résolut de croiser le curé, mais en s'abstenant de le saluer.

Pourtant celui-ci reconnaissant le docteur tira son chapeau et, surpris de voir Marcel botté et encapuchonné, s'arrêta net pour demander :

— Est-ce que vous avez quelque chose de grave ? monsieur Férand.

— Oui, répondit Marcel un peu brusquement ; il y a Goussard, un des combattants du bois de Lognes... on vient de me dire qu'il ne passerait pas la nuit...

— Ah !

— Vous ferez peut-être bien d'y aller après moi.

— J'irai. C'est à Vernouillet, je crois ?

— Oui, au bout du chemin pierreux.

— Je sais, mais il y a une ruelle par les jardins de Chancenay-le-Petit qui raccourcit beaucoup.

— Ma foi, il fait trop sombre, je préfère les grands chemins.

— Oh! il n'y a rien à craindre.

— Cela ne m'empêche pas d'emporter mon revolver.

— Bonsoir, monsieur Férand.

— Bonsoir! fit Marcel, et il termina sur un mot froid qui devait le soulager de ce semblant de conversation :

— Prenez garde d'être dévoré : Goussard est un rouge, il ne doit pas aimer le noir...

Au bout de trois minutes, Marcel s'en voulait déjà de cette plaisanterie qu'il trouvait idiote. Est-ce que le curé ne faisait pas son devoir comme lui faisait le sien ?

En quittant les Bordes, les dernières lanternes passées, le ciel devint noir subitement, d'un noir d'encre, et Marcel n'eut plus en face de lui que la large bande grisâtre de la route s'allongeant dans la nuit pour se fondre tout à fait à cinquante pas.

Au bout de dix minutes de marche, Marcel alluma une lanterne de poche pour reconnaître le chemin pierreux qui tournait brusquement dans les champs entre deux haies d'aubépine, de sureau et de ronces sauvages.

Le chemin pierreux venait d'être nouvellement chargé d'un petit silex noir qui criait sous le pied.

Ici plus de bande grisâtre pour guider la marche, rien que l'opacité plus grande de la haie et, de loin en loin, quelque filet d'un blanc d'étain indiquant les tourbières abandonnées.

Marcel avançait, prêtant peu d'attention aux cris des oiseaux de nuit, aux heurts des silex qui roulaient sous la semelle de ses bottes, au *flac* subit de quelque animal glissant entre les branchis de la haie.

Tout à coup, derrière un quinconce de hêtres noueux, il aperçut une petite lumière rouge, sorte d'œil dans un pâté noir.

C'était là.

Alors, seulement, Marcel se souvint que la Désirée était la femme de Goussard.

Il heurta à la porte et attendit.

La Désirée vint ouvrir.

Dès l'entrée, Marcel eut le pressentiment qu'il tombait dans un piège. La pièce dans laquelle il était introduit était petite, luisante, bien éclairée ; aux fenêtres il y avait des rideaux rouges à fleurs, dans la cheminée un feu vif qui jetait au plafond une lueur d'incendie et, par une porte basse, on apercevait une alcôve toute blanche avec courte-pointe à grands ramages bleus.

La Désirée resplendissait dans cette clarté ; un large fichu blanc descendant des épaules à la taille faisait ressortir vigoureusement le mat de son teint et le noir violent de ses cheveux. Elle portait la robe à rayures criardes des gens de campagne, mais avec plus de recherche dans la façon : une jupe mieux plissée, des manches plus courtes laissant voir une partie du bras, un rentré plus grand découvrant le bas soigneusement tiré.

Tout indiquait, après un examen rapide, que la grande brune n'attendait pas un médecin.

Marcel traversa rapidement la première pièce et se dirigeant vers l'alcôve :

— Eh bien ! demanda-t-il, où est ce malade ?

Puis, se retournant, il aperçut la Désirée à genoux.

— Oh ! pardon ! pardon ! dit-elle en levant sur lui de grands yeux mouillés.

— Que dois-je pardonner ?

La grande brune se releva, baissa les yeux et parut se soutenir d'une main à la porte de la chambre.

— Une action coupable, répondit-elle avec une émotion qui, feinte ou véritable, devait forcément faire impression sur Marcel, j'ai voulu au moins une fois avant de mourir — car qui sait ce que le sort me réserve — dire sans témoins et sous l'œil de Dieu à l'homme que je n'ai pas cessé d'aimer : Je suis celle qui t'aime ! Décide de ma vie !

— Mais c'est un piège ! fit Marcel.

— Oui, un piège, le piège de la femme qui lutte depuis des semaines, depuis des mois et qui, aujourd'hui, tombe épuisée et demande grâce. Tout ce que je souffre est au-dessus de mes forces; ou je suis une folle, et il faut enfermer celle dont les lèvres sont brûlées par des mots d'amour; ou je suis une misérable, et je mérite le mépris de celui que je poursuis de mes appels passionnés; ou je suis une malheureuse aux yeux taris, aux membres enfiévrés, une pauvre mendiante d'amour qui n'a presque plus la force de crier son désespoir, et alors j'ai droit au pardon, j'ai droit à quelques instants de répit à mes souffrances et peut-être à des paroles de consolation.

Marcel demeura pensif l'espace de quelques secondes; la Désirée avait saisi l'une de ses mains.

— Alors, demanda-t-il, Goussard n'est pas malade?

— Non.

— Où est-il?

La Désirée s'attendait à cette question.

— Il travaille à Bossignies depuis le commencement de la semaine.

— Et vous profitez de son absence.....

— Je suis folle.

— Piège!... prononça résolument Marcel.

— Je t'aime! répondit simplement la Désirée.

Ce *je t'aime!* était vrai, et il y avait dans l'expression de ce sentiment quelque chose qui ressemblait à une plainte douloureuse.

Marcel en fut frappé et, sur le point de faire un pas vers la porte, il s'arrêta et regarda la Désirée bien en face.

— Ainsi, dit le docteur, vous avez pu penser.....

— Je n'ai pensé à rien. Egoïste, je n'ai senti que mon amour, écouté que mes souffrances, vu qu'une chose, c'est que je pourrais vous contempler pendant quelques minutes, bien à mon aise, vous dire ce que j'ai là depuis que je vous connais, et implorer

votre pitié pour cet amour que vous ne pouvez peut-
être comprendre, mais que vous n'avez pas le droit
de condamner.

Maintenant Marcel se taisait. Cette femme l'aimait
donc bien!

— Oh! je sais, continua la Désirée en voyant
quelque chose d'indécis flotter dans le regard du
docteur, je sais ce que vous allez me répondre : Je
suis mariée et vous-même n'êtes pas libre; cet
amour, en admettant qu'il pût être partagé, n'en
resterait pas moins un amour coupable. Oui, tout
cela est vrai ; mais pouvez-vous me demander de
raisonner ce que j'éprouve maintenant que vous
êtes là, près de moi, que ma main serre la vôtre, que
mes yeux cherchent vos yeux, que tout en vous me
trouble et achève de me perdre? Ah! j'ai combattu
assez avant d'en arriver à oser vous dire tout cela,
j'ai voulu résister et, pour oublier, je me suis jetée
dans les bras d'un autre comme on se jette dans un
précipice, sans vouloir regarder le fond. Eh bien,
cet amour m'est resté au cœur et, de jour en jour,
est devenu plus tenace et plus violent ; alors j'ai
manqué de courage, j'ai cru que tout m'abandon-
nait et que, peut-être, il me faudrait partir avant
de vous avoir dit mon secret. Et maintenant, si tout
cela vous offense, si vous ne voulez plus que je
parle, dites un mot et je me tairai.....

La Désirée avait les yeux mouillés de larmes.
Marcel ne trouva pas un mot.

Il songeait qu'une autre femme, celle qu'il avait

si longtemps et si ardemment désirée, ne l'aimait pas.

L'image d'Alice venant s'interposer ainsi brusquement entre la femme de Goussard et lui, Marcel échappa à une autre vision qui lui montrait la Désirée pâmée entre ses bras.

— Je n'ai rien à faire ici, dit-il, en repoussant la grande brune dont le souffle caressait son visage.

Alors celle-ci pensa tout à coup au retour par le chemin pierreux, et il lui sembla voir Goussard guetter derrière une haie.

— Non, dit-elle, en se jetant au travers de la porte, tu ne peux pas t'en aller...

— Oh! fit Marcel, c'est donc bien décidément un piège.

— Je ne veux pas que tu sortes! dit-elle encore avec force. Je t'ai dit que je t'aimais, que tu étais tout pour moi, je ne veux pas te laisser partir maintenant....

— Allons, s'écria Marcel en tirant son revolver, si Goussard n'est pas à Bossignies, qu'il entre!...

La Désirée eut un petit cri sauvage, puis, brusquement, elle arracha le revolver des mains du docteur et le tourna rapidement contre elle. Un coup partit et l'arme tomba; mais soit qu'elle eût été mal dirigée avec intention, soit que la main tremblât réellement, la balle alla se perdre sous le manteau de la grande cheminée.

Quelques instants après on frappait à deux reprises à la porte du dehors.

— Eh bien! fit résolument la Désirée en saisissant

Marcel par le poignet, puisque tu veux partir je vais
te montrer le chemin. Je ne veux pas que Goussard
te trouve ici et te tue.

Et elle l'entraîna vers une petite porte qui donnait sur la ruelle tortueuse dont avait parlé le curé.

Marcel se laissa faire ; il comprenait qu'un scandale était à éviter à tout prix, et il disparut bientôt
dans le noir épais de la ruelle, en songeant qu'il
allait sans doute rencontrer l'abbé Glacheux et qu'il
pourrait le prévenir.

Il ne se doutait pas que c'était le curé de Chancenay qui venait de frapper à la porte de la maison du
carrier.

L'abbé Glacheux, ne recevant pas de réponse, retournait maintenant au bourg par le chemin pierreux qui lui paraissait moins sombre que la ruelle
suivie par lui en venant.

— Je me serai peut-être trompé de chemin,
pensa-t-il ; ma foi, que Dieu reçoive l'âme de Goussard !

Et il récita tout bas la prière des agonisants.

Tout à coup, à quelques pas du prêtre, un éclair
brilla derrière la haie comme une flèche de feu, et
l'abbé Glacheux tomba frappé en pleine poitrine.

C'était Goussard qui se trompait.

Comme Marcel atteignait les premières maisons
de Chancenay, il entendit le coup.

— Tiens, se dit-il, Goussard est dans le cas de régler le compte de sa femme ; le joli ménage !...

Et il oublia le curé qu'il n'avait pas rencontré en
chemin.

XXVII

Le lendemain, un événement stupéfiant arrivait à la Tuilerie : Marcel était arrêté sur les dénonciations de Goussard et de l'adjoint Gobais ; on l'accusait d'avoir assassiné l'abbé Glacheux.

Les dénonciations étaient précises : Goussard déclarait que le docteur Férand avait passé la veille une heure avec sa femme ; qu'en la quittant pour rentrer à Chancenay il avait dû rencontrer le curé, reçu aussi de temps en temps par la Désirée ; que l'on avait entendu un coup sec dans le chemin pierreux, comme un coup de revolver.

Goussard disait s'être relevé pour aller voir ; il avait trouvé le curé tombé en avant, le nez dans les cailloux et, dans une rigole de tourbière, avait ramassé l'arme ayant servi à commettre le crime.

Cette arme était marquée M. F.

Gobais, lui, déposait avoir vu vers les neuf heures et demie du soir l'abbé Glacheux causer avec le docteur et avoir entendu ce dernier dire d'une voix sèche :

— Vous feriez peut-être bien d'y aller.

— J'irai, avait répondu le curé.

Et Gobais avait regardé Marcel s'éloigner du côté de Chancenay-le-Petit et Vernouillet. |

Le procureur de la République avait ordonné l'arrestation.

En jetant les yeux sur le mandat d'arrêt, Marcel crut qu'il allait devenir fou.

Alice ressentit une douleur horrible.

Ainsi, l'homme qui lui avait donné son nom, l'homme qu'elle aimait maintenant sans oser pourtant le lui crier, cet homme était accusé d'un meurtre, et ses relations avec la Désirée étaient étalées au grand jour.

Et tout cela arrivait brusquement, on apprenait tout à la fois : les complaisances de Goussard, les rivalités inavouables existant entre Marcel et l'abbé Glacheux, les haines sourdes qui grandissaient autour du docteur Férand.

Marcel profitait de ses visites médicales qui éloignaient tout soupçon pour déserter le toit conjugal. Ainsi, le soir du crime, il était parti sans prévenir Alice, parti pour retrouver la Désirée !...

Marcel perdait la tête en face de cette accusation formidable qui l'enserrait chaque jour plus étroitement. Il ne pouvait nier avoir quitté la Tuilerie vers

les neuf heures, avoir causé avec l'abbé Glacheux
sur la place de l'église, avoir été chez Goussard et
être resté un certain temps seul avec la Désirée.

Il était bien obligé de reconnaître qu'il avait suivi
le chemin pierreux et que le revolver trouvé dans
les tourbières, et dont un coup était déchargé, lui
appartenait.

Et quand on lui rappelait certains propos tenus
par lui jadis et concernant le curé de Chancenay :

— Ah çà, il ne quittera donc pas le pays ; il faudra donc le pousser dehors !...

Il avouait avoir effectivement prononcé ces paroles.

Atterré, la tête perdue, les jambes ployant sous
lui, il avait eu pourtant le courage de dire à sa
femme, au moment du départ pour la préfecture :

— Je te jure sur notre anneau de mariage que je
ne suis pas coupable, coupable en rien, et que ton
mari est toujours digne de toi.

Ce serment avait été fait avec tant d'assurance, la
voix qui le prononçait était si grave, que la jeune
femme n'avait pas hésité à répondre :

— Je te crois !

L'homme qui avait fait le sacrifice de sa vie pour
le salut commun ne pouvait être un assassin.

D'ailleurs personne à la Tuilerie et parmi les amis
de Marcel ne croyait à sa culpabilité. La vieille
marraine Hautecœur jurait que c'était un coup
monté par les envieux et les ennemis politiques du
jeune médecin ; elle traitait Gobais de bête malfai-
sante et la Désirée de coquine fieffée. Pouvait-on

croire à une chose pareille ? Une fille qu'elle avait été jeter dans les bras de Marcel sans songer à mal.

Mais si ce dernier restait au-dessus du soupçon pour l'épouse, pour la bonne marraine et les amis sincères, il n'en était pas de même dans le pays où les envieux et les imbéciles étaient nombreux. Pour les indécis quelque chose flottait d'une façon louche : si le docteur Férand n'était pas coupable, qui donc avait pu tuer l'abbé Glacheux ?

Le doute était cruel, car, lentement, il pouvait entrer dans l'esprit d'Alice et y faire des ravages profonds. Pourtant la jeune femme se disait encore :

— Il m'a trop aimée pour être coupable ; c'est à moi maintenant qu'il appartient de le sauver du danger qui le menace ; il le faut, je le sauverai !...

Immédiatement, Alice avait écrit au député Alcide Maron, et celui-ci, se souvenant de quelques-uns de ses succès d'avocat, était venu aussitôt se mettre à la disposition de son malheureux ami. Lui aussi, et avant de rien connaître de l'affaire, s'était refusé à voir en Marcel un coupable.

Après quelques heures d'examen et le récit à lui fait par l'accusé, il était sûr de son innocence. Selon lui, l'assassin n'était autre que Goussard.

Malheureusement il n'y avait pas de preuves.

D'autre part, l'accusation portée contre Marcel était terrible, et Alcide craignait avec juste raison que les explications qu'il donnerait à la barre du tribunal, pour démontrer le guet-apens dans lequel

Marcel était tombé, ne fussent pas trouvées suffisamment claires par le jury.

Pouvait-on répondre des jurés?

Ah! si quelque moyen de faire jaillir la vérité
avait pu se présenter au cours de l'instruction!

A force de chercher, Alice avait enfin trouvé ce
moyen : si elle pouvait obtenir du juge instructeur
l'autorisation d'avoir une entrevue avec la Désirée,
mais sans que celle-ci sût être écoutée par Goussard, le juge et des témoins, elle saurait bien arracher son secret à la grande brune.

Alcide Maron avait tenté une démarche auprès du
juge d'instruction et le succès avait dépassé son
attente. Toutes les mesures seraient prises pour que
l'entretien projeté ne parût pas arrangé d'avance;
Marcel lui-même ne fut pas mis dans la confidence.

Un matin la Désirée fut prévenue par lettre
d'avoir à se présenter le même jour au cabinet du
juge instructeur pour déposer sur les faits à sa connaissance, et une heure après le départ de la grande
brune pour le chef-lieu Goussard était arrêté.

Maintenant Alice sentait qu'elle risquait beaucoup. Certes, elle comptait bien obliger l'infâme
créature à se démasquer et à avouer sa participa-
tion au crime ; mais qui pouvait prévoir les sur-
prises que réservait un pareil entretien dans un pareil moment? A cette heure Alice était forte, mais
pourrait-elle entendre tout jusqu'au bout?

— Au moins, avait-elle dit à Alcide Maron, obte-
nez du juge que Marcel ne soit pas là pour écouter.

Alcide avait promis, comptant bien ne pas tenir.

D'ailleurs la présence de Marcel dans une pièce voisine était nécessaire; et puis, qui sait.. peut-être lui serait-il agréable d'entendre?

Et, comme par hasard, dans un grand cabinet sévère, où tout ce qui se disait et se faisait pouvait être vu et entendu, les deux femmes se trouvèrent en présence.

Alice eut tout d'abord beaucoup de peine à surmonter le haut-de-cœur qu'elle ressentait en face de la femme qui avait osé jadis la menacer. Mais le moment était grave, et le moindre trouble observé chez l'épouse de Marcel Férand pouvait éveiller l'attention de la Désirée.

— Je comptais bien ne jamais vous revoir, dit Alice en levant son regard sur la grande brune.

— Et moi, répondit celle-ci, quelque chose me disait qu'un jour ou l'autre nous nous reverrions.

— Vous aviez vos raisons pour cela.

— Comme vous pouviez avoir les vôtres. D'ailleurs il est inutile que nous fassions des phrases; ce qui est fait est fait, et ni vous ni moi n'y changerons rien.

— Qui sait? Peut-être la justice vous fera-t-elle dire toute la vérité.

— La vérité? elle est claire comme de l'eau de roche. On ne me fera pas dire que votre mari n'est pas venu chez moi.

— Attiré dans un guet-apens infâme!

— Il peut soutenir cela, c'est dans son rôle.

— Comme il est dans le vôtre de mentir en prétendant le contraire.

— Alors, vous croyez encore que c'est mentir lorsque je dis que le docteur Férand a été mon amant ?

— Malheureuse !...

— Oh ! j'en suis très fâchée pour vous; vous m'adressez la parole et je vous réponds; tant pis si l'affaire n'est pas propre...

— Vous mentez! M. Férand n'a jamais eu de relations avec vous!

— Et c'est moi qui ai assassiné le curé... mais dites-le donc pour voir. Ça sera drôle.

Et la Désirée se mit à rire d'une façon cynique.

— Savez-vous, fit Alice en se rapprochant de la grande brune et en feignant de parler plus bas, savez-vous que si je laissais entendre à la justice que c'est peut-être bien vous qui avez machiné tout cela, vous pourriez ne plus rire ?

La Désirée conservait l'air gouailleur.

— Ah! bah! dit-elle, vous y tenez donc un peu à votre mari? Cristi, si c'est vous qui prenez sa défense, il est dans le cas de sortir d'ici blanc comme neige.

— Il doit en sortir comme il y est entré : la tête haute. Il ne se trouvera pas un juge pour le condamner !

— Mon Dieu ! si la justice s'est trompée jusqu'ici, moi je ne demande pas mieux qu'on l'acquitte. Nous n'avons jamais rien eu ensemble pour que je lui en veuille...

— Rien eu? allons donc; vous savez bien qu'il n'a jamais voulu de vous... malgré vos offres!

— A qui donc ferez-vous accroire cela, mademoiselle Gendrin? Vous qui l'avez rebuté au point de
le jeter dans les bras d'une domestique devenue la
femme d'un carrier.

— Misérable! cria Alice qui sentit son sang-froid
l'abandonner.

— Modérez-vous, reprit tranquillement la Désirée;
vous n'avez pas le droit de m'insulter ici comme
chez vous quand j'étais la bonne... à tout faire. Ici,
pour peu que vous m'accusiez un peu trop fort, je
pourrais vous faire arrêter; vous iriez rejoindre
votre Marcel que vous paraissez tant aimer maintenant.

— Oh! pensa Alice, dois-je échouer dans cette
mission sainte?

Puis, après quelques instants de silence :

— Vous avez bien tenu parole, vos menaces de
jadis ont été suivies d'effet; vous aviez sans doute
juré de me rendre malheureuse et de voir un jour
couler mes larmes. Regardez... êtes-vous satisfaite
aujourd'hui?

Alice pleurait de douleur et de rage.

— Je ne suis pas aussi méchante que vous voulez
bien le dire, fit la grande brune; vous souffrez depuis
huit jours, moi je souffre depuis un an; je ne sais
pas depuis quelle époque vous aimez M. Férand,
moi je l'aime depuis son arrivée à Chancenay; vous
le possédez tranquillement depuis de longs mois,
moi j'ai lutté des semaines et des semaines pour
l'avoir quelques heures... Vous m'avez chassée de
chez vous, c'était votre droit; je vous ai pris votre

mari, c'était mon droit à moi, car j'estimais et j'estime encore que mon amour est aussi profond que le vôtre.

— Vous mentez! cria Alice avec force en faisant un pas vers la Désirée.

Celle-ci ne se départissait pas d'un grand calme.

— Vous mentez! reprit encore la jeune femme en se rapprochant de plus en plus de celle qui déclarait ainsi hautement être sa rivale, vous mentez!... Ah! vous prétendez que votre amour égale le mien, cela n'est pas vrai! pas vrai, entendez-vous? puisque vous voulez le perdre et que moi je veux le sauver. Quelle est donc de nous deux celle qui l'aime avec le plus de force, avec le plus de raison?...

— Eh bien! répondit froidement la Désirée, c'est comme vous voudrez. Si l'on a à vous appeler comme témoin, vous ferez très bien avec vos larmes.

— Ainsi vous n'avez rien de plus à me dire?

— Parbleu, vous n'êtes pas chargée de m'interroger, je pense. Au surplus, je vous ai dit ce qui pouvait vous intéresser ; vous ne voulez pas me croire, à votre aise. Vous aviez peut-être cru que je vous apprendrais de quelle façon votre mari avait réglé le compte de l'abbé Glacheux? Ma foi, je n'en sais pas plus long que vous ; je n'ai vu qu'une chose, moi, c'est le revolver trouvé dans les tourbières le lendemain du crime ; on prétend que c'est celui de M. Férand, qu'est-ce que vous voulez que j'y fasse?

Et, tout en causant, la Désirée regardait autour d'elle.

— Mais c'est horrible cela! dit Alice en se tor-
dant les poignets; savez-vous bien que sa tête est en
jeu?

— Oh! s'il prouve que ce n'est pas lui...

— Pour prouver cela, il faut que d'autres parlent...

— Et vous avez pensé que je connaissais peut-être
l'assassin? ça, c'est flatteur.

Alice eut un coup de colère terrible.

— Tenez, vous l'avez dit : j'ai pensé que vous con-
naissiez l'assassin! Et voici comment le crime a été
conçu : méprisée par celui que vous prétendiez
aimer, méprisée par moi, vous avez résolu de vous
venger, et vous avez réussi à attirer cet honnête
homme dans votre repaire de brigands. C'est la nuit
que tout ceci se passe, car vous avez des raisons
de redouter la lumière du jour; durant cette nuit
un crime est commis à quelques pas de chez vous,
et ce crime, qu'il soit prémédité ou non, vous n'hé-
sitez pas à en charger celui que vous voulez perdre.
Voilà la vérité. Oh! laissez-moi parler... J'ai surpris une partie de votre secret; de là au secret tout
entier, il n'y a qu'un pas et, malgré vous, j'irai jusqu'au bout... Oui, je dirai tout, tout ce que je lis en
ce moment dans votre œil vicieux... Prenez garde,
femme de Goussard, je vais vous accuser, vous et
votre mâle! ..

Et Alice prononça ces mots avec une telle expression de rage que la Désirée se recula, effrayée.

Mais la grande brune fit bientôt un violent effort
sur elle-même et parut ricaner.

Alice se rua en quelque sorte sur elle.

— Allons, dis-le? c'est toi, c'est ton homme, n'est-ce pas? C'est vous deux qui avez fait le coup... Vous aviez peut-être cru tirer sur Marcel et me le tuer... au lieu de cela, vous avez tué l'autre... Réponds, mais réponds donc? un mot, un seul mot... Parleras-tu? Malheureuse, tu sais bien que tout ce que tu as dit tout à l'heure est faux, archi-faux; que Marcel n'a jamais été ton amant, même une heure... et qu'il est innocent... Mais parle donc... comprends donc qu'il sera condamné... condamné à mort... Ah! ah! parleras-tu? gueuse; tu sais bien qu'on ne pourra pas te guillotiner, toi, on ne guillotine plus les femmes... Tu l'aimes donc ton Goussard... ton assassin... ah! avoue-le donc que c'est lui!...

Depuis quelques instants, la Désirée faiblissait; il y avait encore au coin de la lèvre un rictus sarcastique; mais le cœur commençait à donner des soubresauts brusques et la salive manquait.

En une seconde la grande brune comprit qu'elle ne pourrait pas soutenir jusqu'au bout ce rôle odieux, que peut-être aussi Goussard parlerait pour essayer d'esquiver la peine capitale, qu'en tous cas entre Goussard et le docteur Férand il ne lui était plus permis d'hésiter.

Et Alice répéta, l'œil en feu, les poings crispés :

— N'est-ce pas que c'est vous deux ?

— Eh bien! oui, prononça la Désirée.

— Ah! s'écria Alice en se retenant à la muraille, brisée d'émotion, il n'était pas coupable !....

A ce moment quelqu'un entrait, un magistrat

ceint de l'écharpe tricolore ; il dit en saisissant par le bras la Désirée :

— Au nom de la loi, je vous arrête !...

Marcel, qui avait tout entendu, était déjà dans les bras de sa femme, et celle-ci lui répétait à travers ses larmes :

— Oh ! si tu savais combien je t'aime !...

Et Marcel répondait :

— Maintenant je le sais...

Le soir même, le juge signait un ordre d'élargissement, Marcel était libre. Il ne lui restait plus maintenant qu'à oublier la secousse terrible des jours précédents, et Alice possédait, pour cela, le talisman nécessaire ; comme ils étaient bien l'un à l'autre, elle pouvait annoncer à son mari une grosse nouvelle : elle se sentait mère...

Inutile d'ajouter qu'à Chancenay personne ne croyait plus à la culpabilité du docteur Férand.

Un mois après celui-ci écrivait à son ami Alcide :

« La petite cousine Marguerite est disposée à accorder sa main à M. Maron, cultivateur. »

Ce à quoi le député répondait :

« Il y a longtemps que le Dantoniste ne demandait plus qu'une seule tête, et c'était celle-là. Merci. »

Et la bonne vieille marraine Hautecœur entama la layette pour *le petit de M. le Docteur Férand...*

ÉMILE COLIN — IMPRIMERIE DE LAGNY

AUTEURS CÉLÈBRES

à 60 centimes le volume.

En jolie reliure spéciale à la collection **1 fr** le volume.

Envoi franco contre mandat ou timbres-poste.

CHAQUE OUVRAGE EST COMPLET EN UN VOLUME

AVIS DE L'ÉDITEUR

Le but de la collection des *Auteurs célèbres*, à **60** *centimes* le volume, est de mettre entre toutes les mains de bonnes éditions des meilleurs écrivains modernes et contemporains.

Sous un format commode et pouvant en même temps tenir une belle place dans toute bibliothèque, il paraît chaque quinzaine un volume.

CHAQUE OUVRAGE EST COMPLET EN UN VOLUME

POUR LES Nᵒˢ 1 A 260, DEMANDER LE CATALOGUE SPÉCIAL

En jolie reliure spéciale à la collection, **1 fr.** le

(ENVOI FRANCO CONTRE MANDAT OU TIMBR

PARIS. — IMPRIMERIE E. FLAMMARION, RUE RACINE,

www.ingramcontent.com/pod-product-compliance
Lightning Source LLC
Chambersburg PA
CBHW070506030726
47503CB00004B/1180